Dans l’ombre de mon cœur

Sabrina Dollé

Dans l'ombre de mon cœur

Roman

LE LYS BLEU
ÉDITIONS

ISBN : 979-10-377-3042-8

Toute ressemblance avec des faits réels ne serait que pure et fortuite coïncidence.

Je me regarde au fond des yeux
Dans le miroir des souvenirs
Si partir c'est mourir un peu
J'ai passé ma vie à... partir

Petit matin 4.10 heures d'été, H.F Thiefaine

Chapitre 1

Don't you know, honey (Ignores-tu chéri ?)

Ain't Nobody gonna love you (que jamais personne ne t'aimera)

The way I try to do (autant que j'essaie de le faire) ...

Come on and cry, cry baby, cry baby (viens pleurer, pleure chéri...)

Cry Baby, Janis Joplin

Meguy était décidée à quitter son poste de professeur du collège français où elle enseignait. Elle ne supportait plus l'arrogance et l'impertinence de ses élèves issus de milieux favorisés. L'indolence de la puberté, associée à des conditions sociales supérieures, les rendait méprisants et imbus de leur personne... Elle avait pourtant fait de son mieux durant ces quatre dernières années et avait utilisé tous les moyens pédagogiques à sa portée afin d'éveiller leur intérêt. Elle avait tenté de les initier à la littérature française du XIXe siècle sous forme d'ateliers de théâtre, de sorties culturelles, de visionnage de films d'époque ou bien même encore, avec l'écriture d'un journal collectif... Rien n'avait fonctionné. De même, à l'occasion d'un voyage scolaire en Bretagne, lors de la visite de la demeure de Chateaubriand, les pauvres demeurés étaient restés en extase devant le squelette d'un chat retrouvé dans une chambre du château. Avaient-ils fait le lien avec une émission de télévision traitant de phénomènes étranges ? Ce fut l'évènement inoubliable de leur séjour…

Le dernier jour de classe de l'année scolaire avait sonné et Meguy avait tiré sa révérence sur les *Trois Mousquetaires* d'Alexandre Dumas, que ses élèves de classe de première étaient à peine capables de comprendre. Elle se souvint, pourtant, avoir lu leurs aventures vers l'âge de dix ans environ…

Elle avait mûri son projet depuis quelques mois déjà, depuis que Brian s'était éloigné d'elle pas à pas. Brian, qu'elle avait rencontré sur les bancs de l'Institute of Education de Londres, affichait, depuis quelque temps des airs condescendants à son encontre. Suite à l'obtention de son doctorat, il enseignait dorénavant le français dans la prestigieuse université de Cambridge… alors qu'elle, Meguy Bourne s'était arrêtée en cinquième année d'études pour n'enseigner qu'à des lycéens. Lorsqu'à maintes reprises, il l'avait invitée à des réunions entre professeurs, elle avait connu son lot de railleries et de ricanements narquois de la part de ses confrères. Ceux-là mêmes qui méprisaient « les petits profs de collège », comme ils disaient. Pourtant, elle était bien la seule à avoir des origines liées à la France et à en avoir appris la langue dès son plus jeune âge. Meguy n'avait pas trouvé sa place au milieu des élites de Grande-Bretagne et avait finalement choisi de les laisser, entre « intellectuels de même niveau » ! Le jeune homme ne l'aimait plus et Meguy le ressentait. Bien trop orgueilleuse, elle avait choisi de ne plus lui imposer sa présence. Par conséquent, ils avaient rompu d'un commun accord, sans larmes, sans cris, au soir d'un dimanche pluvieux, après avoir regardé des séries insipides à la télévision. Meguy avait récupéré ses affaires et retrouvé sa chambre chez ses parents.

Elle dormait à présent au milieu des posters des Clash, d'UB 40 et de vieilles peluches élimées. Sa mère Jeane se levait à nouveau tous les matins à la même heure qu'elle, pour lui préparer son petit-déjeuner et son père Ron lui apportait sa tisane dans sa chambre tous les soirs avant qu'elle ne s'endorme, tous deux fidèles à leurs habitudes depuis son plus jeune âge. Meguy était la benjamine d'une fratrie et ses frères, les jumeaux, avaient quitté le nid familial depuis une dizaine d'années pour s'installer en Australie, à Torquai, où ils avaient ouvert un pub à l'effigie de la Reine et de la couronne d'Angleterre. Meguy était lasse de ce trop-plein de tendresse et d'attention de la part de ses parents et n'aspirait qu'à une seule chose à ce jour… vivre ! Être indépendante, responsable de sa vie et de ses choix. Elle avait vingt-six ans et il était temps pour elle de s'émanciper et de s'ouvrir au monde. Elle n'avait encore rien construit, n'avait connu que Brian et ne se sentait pas encore attirée par le mariage et la vie de famille.

Pourtant, les occasions ne manquaient pas. Elle était consciente de l'attrait qu'elle faisait naître chez la gent masculine, même si elle se trouvait de nombreux défauts. Ni trop grande ni trop petite, elle avait l'allure fine et bien proportionnée. Ses longs cheveux châtains ondulés aux reflets auburn encadraient un joli visage mutin au petit nez et aux grands yeux verts frangés de longs cils recourbés. Sa bouche était bien dessinée, ourlée de lèvres sensuelles couleur bois de rose et ses quelques taches de rousseur sur les pommettes lui donnaient un air espiègle. Elle savait se mettre en valeur grâce aux tenues qu'elle choisissait de porter et qui lui seyaient à la perfection. De nombreux hommes lui avaient fait la cour mais son manque d'intérêt pour le jeu de la séduction la laissait de marbre. Avoir vécu avec des frères qui ne s'intéressaient qu'à leur binôme avait suscité un manque certain de romantisme dans l'esprit de la jeune femme. Néanmoins, elle avait été attirée par Brian, non pas pour son physique, bien que très séduisant, mais pour sa connaissance de la poésie française et pour les vers qu'il se plaisait à lui réciter à maintes occasions. Ils avaient été sur la même longueur d'onde, depuis leur cursus universitaire, échangeant dans la langue de Molière et se passionnant pour la France. Ensemble, ils avaient visité l'objet de leurs études à diverses reprises, à l'occasion de séjours linguistiques et le reste avait suivi. Leur histoire fut une évidence et prit forme naturellement sans qu'ils se posent trop de questions. Elle avait connu l'amour dans ses bras virils, avait aimé ses caresses intimes, l'odeur de sa peau contre la sienne et ses mots d'amour glissés un peu partout dans ses affaires personnelles. Meguy poussa un long soupir, *Brian allait-il lui manquer ?* Elle franchit la grille et jeta un dernier regard sur l'établissement.

Meguy avait vécu une enfance heureuse entre des parents aimants et une grand-mère attentionnée. Seuls ses frères lui avaient manifesté de l'indifférence. Elle fut la petite princesse à laquelle on passait toutes ses fantaisies, ce qui avait accentué l'éloignement de ses aînés. La famille séjournait dans un pavillon à Chiswick où sa mère dirigeait encore à ce jour une école Montessori. Quant à son père, il était le gérant de la brasserie la plus réputée du district. Autant que possible, en fin de semaine, tous se réunissaient à Canterbury, à Shaker Village, dans la maison familiale des parents de Jeane, pour profiter en famille du havre de paix de la campagne du Kent, loin de l'agitation Londonienne.

Durant sa jeune vie, Meguy avait noué des liens profonds avec sa grand-mère Hélène, qui portait un prénom français, tout comme sa mère Victoria (qui en réalité s'appelait Victoire) et sa fille Jeanne qui, pour des choix personnels, préférait qu'on l'appelle Jeane. Hélène était la fille d'une Française et d'un Britannique. Elle parlait couramment le français et avait enseigné la langue de sa mère à ses enfants qui avaient perpétué la tradition. Seul le prénom de Meguy avait une consonance anglo-saxonne. Hélène avait proposé le prénom de Maguy, qui n'avait pas obtenu de grand succès auprès de sa fille ni de son gendre. Ils avaient trouvé un terrain d'entente en changeant le « a » par la lettre « e » et tout le monde fut satisfait. Sa grand-mère lui avait fait découvrir la littérature française et anglaise, notamment Zola, Balzac, Chateaubriand, les sœurs Brontë, Shakespeare… Derrière ses manières bourgeoises, elle lui avait appris la spontanéité, l'amour et le respect de la nature. Ensemble, elles avaient confectionné de nombreuses pâtisseries pour le plaisir de tous et avaient donné de leur temps à un refuge recueillant des animaux abandonnés.

Meguy avait les mêmes yeux verts que sa grand-mère, qui derrière les signes de vieillesse, se révélaient les vestiges d'une beauté distinguée aux traits fins et réguliers. Elle vouait une véritable passion à son aïeule qui partageait avec elle son attrait pour la France. Du reste, à l'âge de dix-sept ans, elle avait vécu quelques mois dans le sud-ouest, pour y soigner une maladie pulmonaire. Quant à son grand-père, il était décédé depuis une quinzaine d'années et Meguy gardait le souvenir d'un homme réservé, attaché à ses principes moraux et aux bonnes manières. Ses enfants et petits-enfants le vouvoyaient et elle ne se souvenait pas l'avoir déjà embrassé. Il était fils de notaire, qui lui-même était fils de notaire. Harry, le frère de Jeane, avait suivi la même voie et dirigeait à présent l'étude de leur père.

Ce jour-là, Meguy ne rentra pas directement chez ses parents. Elle préféra se rendre chez sa grand-mère et fut satisfaite du trafic peu dense qui lui permit d'arriver plus rapidement dans le Kent. Lorsqu'elle gara sa Mini Austin devant le cottage, elle resta un instant, assise, à contempler les superbes rosiers qui s'épanouissaient le long des haies, entretenus par les jardiniers que sa grand-mère dirigeait d'une main de fer. En pénétrant dans la maison, elle fut saisie par l'odeur alléchante d'une tarte à la rhubarbe.

— Je t'attendais ! Je savais que tu viendrais me rendre visite après ta dernière journée de classe ! Assieds-toi près de moi, nous allons prendre le thé.

Meguy embrassa affectueusement sa grand-mère et prit place confortablement à ses côtés.

— Je vais partir Grand-mère... Aujourd'hui, n'est pas uniquement la fin de l'année scolaire... Je viens de quitter mon poste, j'ai décidé de prendre une année sabbatique.

Hélène leva les yeux sur sa petite-fille en lui tendant une tasse de thé.

— Quels sont tes nouveaux projets ? Et Brian ?

En entendant sa grand-mère prononcer le prénom de Brian, les yeux de Meguy s'embuèrent de larmes.

— Nous avons rompu, il y a quelques semaines... Depuis quelques mois, notre relation s'effilochait... Le comportement de Brian a changé dès l'obtention de son doctorat et nos désaccords se sont intensifiés depuis sa prise de poste à Cambridge. Il montre un certain attrait pour les élites de la nation et dénigre les professeurs de collège qui selon lui, manquent terriblement d'ambition. Il faut pouvoir admirer pour aimer... Et lui ne m'aime plus !

Hélène prit la main de sa petite-fille et la garda dans la sienne.

— J'avais seize ans lorsque j'attrapai froid chez des amis de mes parents à l'occasion d'un déjeuner champêtre. À cette bronchite chronique s'ajouta un virus qui empoisonna mes poumons, à tel point que mes parents pensaient me perdre. Ils eurent l'idée, suite aux conseils avisés de notre médecin traitant, de m'envoyer en cure, en France, à Cambo-les-Bains, près de Biarritz. Tout fut organisé à la perfection, par ma mère… J'étais logée dans une pension de famille à quelques centaines de mètres des thermes, le matin je faisais mes soins et l'après-midi un professeur me donnait des cours… afin que mon niveau d'études ne s'en ressente pas. Durant cette année « française », je ne vis que très peu mes parents. Nous échangions régulièrement par téléphone ou par courrier. Savais-tu que ton arrière-grand-mère était originaire du Pays basque ?

— Non, je l'ignorais, répondit spontanément Meguy.

À dire vrai, elle n'avait aucune connaissance de l'histoire de ses aïeux et jusqu'à ce jour, personne n'avait abordé le sujet.

Sa grand-mère sourit et poursuivit :

— Ma mère était d'Ahetze, un petit village proche de Biarritz, dans le Sud-Ouest français. Ses parents étaient agriculteurs et possédaient une ferme. Pour aider sa famille, ma mère travaillait en tant que femme de chambre au prestigieux Hôtel du Palais de Biarritz. Elle y a croisé du beau monde et a reçu de nombreux pourboires pour ses services rendus, sa discrétion et son professionnalisme. Elle a mis cet argent à l'abri, dans le but de s'offrir un superbe trousseau, bien au-dessus de ses origines sociales… C'est dans cet environnement qu'elle a fait la rencontre de mon père. Il était jeune, beau, issu d'une famille des plus aisées d'Angleterre. Il avait reçu une bonne éducation, était amené à voyager et à être invité aux tables d'ambassadeurs et de Lords anglais. De nombreuses jeunes femmes espéraient se faire passer la bague au doigt et des rumeurs de contrat de mariage circulaient déjà.

La grand-mère posa sa tasse, tandis que Meguy, subitement intéressée, la découvrait avec de nouveaux yeux, tout en engouffrant un morceau de sa tarte préférée.

— Ma mère était très belle, blonde aux yeux bleus et aux traits fins. Étrange pour une Basque ! D'ordinaire, elles avaient la peau mate, les yeux et les cheveux foncés. Elle avait de l'allure et copiait volontairement les manières et les démarches des clientes de l'hôtel. Elle portait déjà un nom de Reine ! Mon père, Richard, séjourna quelques semaines à l'Hôtel du Palais et dès son premier réveil, eut l'agréable surprise d'y rencontrer ma mère, lui servant son petit-déjeuner et veillant au confort de sa suite. Il eut un coup de foudre qui fut réciproque. Tous deux tombèrent follement amoureux. Mon père demanda rapidement à ma mère de l'épouser mais ses parents s'y opposèrent formellement, méprisant les origines sociales de la famille de sa prétendante. Mon père s'entêta et étant le seul futur héritier mâle à même de reprendre les entreprises familiales et de les perpétuer, ses parents abdiquèrent de mauvaise grâce. Il y eut tout de même des conditions non négociables…

— Lesquelles ? demanda Meguy

— J'y viens… Ils ont ordonné à ma mère d'oublier ses origines. Ce qui signifiait, cela va sans dire, ne plus voir sa famille, ses amis, son pays…

— Mais c'est ignoble !

— Comme tu le dis si bien, c'était le prix à payer… Le prix du déshonneur et de la rébellion de mon père.

— Qu'a-t-il donc fait ?

— Tu connais la suite, si je suis ici en train de te parler à toi, ma petite-fille…

Hélène tenait toujours la main de Meguy dans la sienne.

— Je n'ai jamais connu la famille de ma mère répondit-elle, les larmes aux yeux.

— Mais lorsque les parents de ton père sont décédés, elle aurait pu passer outre, qu'en penses-tu ?

— Elle aurait pu… en effet, mais vois-tu, il s'est passé un autre évènement marquant qui a fait que ma mère a renié à jamais son passé.

Meguy leva un sourcil interrogateur, qui fit sourire sa grand-mère. Elle lui fit penser à la sœur de son époux à qui elle ressemblait, tant par son physique que dans son comportement.

— Quel sacrifice ! A-t-elle beaucoup souffert de cette rupture ? Et comment a-t-elle fait pour évoluer dans le rang de la famille de ton père ?

— Si elle a souffert de la situation ? Elle ne l'a jamais exprimée. Ma mère était une femme de caractère. Sous ses airs angéliques se cachait une personnalité forte et résistante aux épreuves. Elle était ambitieuse et orgueilleuse, tout comme les Basques. Elle s'était décidée à leur montrer, à tous, ce dont elle était capable ! Elle apprit l'anglais, l'éducation et les manières du beau monde. Elle accompagna son époux avec dignité et reçut toute cette bourgeoisie avec honneur. Finalement, elle gagna le respect des parents de mon père et de toute sa famille. L'aimaient-ils ? Ça, c'est une autre histoire… Mais je pense qu'elle s'en moquait pas mal. Elle devint telle qu'ils l'avaient souhaitée : snob, distinguée, froide, distante… Non par soumission, mais par rébellion ! Une part de son sang basque coulait encore dans ses veines. À sa mort, j'ai appris qu'elle avait aidé financièrement sa famille. Comment s'y était-elle prise ? Cela reste un mystère.

— Quel drôle de personnage, et d'époque… et toi dans tout ça ? À tes seize ans ?

— Je n'ai jamais raconté cette histoire à quiconque, mis à part ton grand-père… Je le peux à présent, je pense que les protagonistes de l'époque sont décédés ou presque…

— Tu m'intrigues grand-mère, est-ce si grave ?

Chapitre 2

Âmes fifties
Âmes fifties
Jean-Claude, Bernard, Marie-Claude, Gérard, Monique
Frégate, Transfluide, Vedette Abeille…
Quand c'est l'heure exquise, viens sous la marquise
Dans un verre de Gin fizz, une légère brise…

Âmes fifities, Alain Souchon

— J'étais jeune, éloignée de l'autorité parentale. J'avais envie de liberté, envie d'oublier ma maladie qui me fatiguait et me diminuait physiquement. Mes quintes de toux m'épuisaient et il m'arrivait de passer deux ou trois journées, alitée, à me remettre de mes crises. Lorsque je suis arrivée à Cambo-les-Bains, je n'avais qu'une envie : m'échapper en courant et retourner dans notre superbe maison de Londres. La détermination de ma mère eut rapidement raison de mon entêtement. Je n'avais pas le choix. Elle m'accompagna, resta une nuit à mes côtés et me laissa sous la responsabilité de ma femme de chambre. Je compris des années plus tard la cause de son départ soudain. Elle ne m'avait pas abandonnée comme je l'avais pensé à l'époque. Son contrat passé avec mes grands-parents l'y avait obligée.

Les premières journées furent difficiles, il pleuvait quotidiennement mais cela ne me changeait pas beaucoup de Londres. Mes journées étaient planifiées de sorte que le matin, je recevais mes soins aux thermes et l'après-midi, un professeur venait me transmettre ses connaissances. Le soir, je faisais une promenade dans le village en compagnie de ma femme de chambre et le week-end, je me reposais. Rien de bien passionnant pour une jeune femme de seize ans. Nous étions en 1954, peu avant la guerre d'Algérie et nous étions en extase devant Marlon Brando… Les années d'après-guerre étaient empreintes d'une bonne humeur et d'une joie de vivre communicatives. Les femmes se battaient pour leurs droits et un vent de liberté flottait dans l'air. Seules les prémisses d'un conflit en Algérie, colonie Française de l'époque, faisaient ombre au tableau. Je m'ennuyais de mes copines et je devais me contenter de cette campagne où rien ne se passait. Mon état de santé s'améliorait visiblement de jour en jour, ce qui m'encourageait et me permettait de tenir bon.

Rapidement, mon professeur eut pitié de ma condition et à l'occasion d'un repas donné dans sa maison de Biarritz, m'invita à me joindre à sa famille. Ma femme de chambre m'accompagna, comme de bien entendu.

Ce jour-là, je fis mon entrée, vêtue un peu trop strictement pour l'occasion et me sentit bien petite au sein d'une trentaine de personnes. Tous étaient Basques. Mon professeur me présenta à ses invités, m'expliquant que parents et amis étaient réunis pour fêter la naissance d'un nouvel enfant dans le clan. Il me confia à une de ses nièces, à peine plus âgée que moi, qui paraissait, cependant, plus dégourdie. Pantxiqua était brune, les cheveux épais. J'étais blonde, les cheveux ondulés jusqu'aux épaules que je portais relevés sur les côtés, maintenus par des peignes. Elle était grande, à l'allure sportive. J'étais plus petite et frêle. Ses yeux étaient foncés, les miens étaient verts, comme les tiens. Nous étions physiquement très différentes. Elle me détailla de la tête aux pieds et eut un sourire malicieux.

— Qu'écoutes-tu comme musique ?

— Oh, Bill Haley & His Comets !

— Ah, toi aussi ! J'adore ! Et elle se mit à fredonner *Rock around the clock.*

Je la regardai, émerveillée. Même si notre culture était différente, la musique était un lien qui nous unissait. Nous nous comprenions. Elle prit ma main et m'entraîna sur la terrasse qui donnait sur l'océan. La vue était splendide. Le soleil s'était enfin levé et de grandes vagues venaient s'échouer sur le bord de la plage. L'air était vivifiant, je n'avais jamais rien vu d'aussi beau. Elle se mit face à moi et défit le foulard qui entourait le col de mon chemisier. D'un geste assuré, elle dégrafa quelques boutons de mon décolleté et ôta un des peignes de ma chevelure. Je la laissais faire en souriant, me sentant, tout d'un coup, plus libre d'exister.

Pantxiqua devint ma meilleure amie, elle m'invitait chaque fin de semaine chez ses parents, dans une superbe maison à Arcangues, à quelques kilomètres de Cambo-les-Bains. Elle avait dix-neuf ans et fréquentait un groupe de jeunes gens qu'elle me présenta. La plupart d'entre eux possédaient un moyen de locomotion, soit une moto ou une voiture qui servait à transporter les autres membres de la bande. Nous partions souvent à Biarritz, flâner dans les rues branchées de la petite ville. Nous mentions à ma gouvernante en prétextant la révision de mes leçons.

La jeunesse de l'époque était gaie, belle, remplie d'espoir pour l'avenir et durant cette courte période, j'ai fait la connaissance d'un jeune homme…

Meguy regarda sa grand-mère avec un petit sourire tendre. Elle avait du mal à l'imaginer adolescente, bercée d'un brin d'insouciance. Elle la laissa poursuivre, consciente du moment unique qu'elles étaient en train de partager.

— Il était si beau ! C'était le sosie de Marlon Brando. Toutes les filles en pinçaient pour lui, sauf Pantxiqua… Victor était son cousin germain et quand il souriait, de ses belles dents blanches, il illuminait tout l'espace. Lorsque je le vis pour la première fois, je crus défaillir. Mon cœur s'emballa, mes mains tremblèrent et je devins idiote, incapable de prononcer deux syllabes cohérentes à la suite. Il me regarda, enfonça son regard dans mes yeux et s'adressa à moi avec la plus grande gentillesse. Il avait une moto et travaillait dans le garage de son père. Il rêvait, comme tous les jeunes gens de l'époque, de devenir pilote de course. Nous fûmes rapidement amis. Aussi, j'étais en extase devant lui et il aimait mon accent anglais qu'il imitait souvent pour me faire enrager. Il finissait par éclater de rire et me prenait dans ses bras avec affection. Pour se faire pardonner, il m'autorisait à grimper sur sa moto et me faisait découvrir le bord de mer où nous roulions à vive allure, libres de toutes contraintes, grisés par la vitesse et flirtant avec un comportement ordalique.

Les jours passaient et mes bronches me faisaient de moins en moins souffrir. Mon professeur s'enthousiasmait de mes progrès scolaires et je rayonnais. Je vivais le plus bel été de ma vie et je rejoignais régulièrement Pantxiqua. Ses parents lui laissaient beaucoup de liberté, la confiant à son cousin Victor !

— Et ta domestique ?

— Pauvre Emma ! Nous avions trouvé la solution ! Il nous suffit de la présenter à une connaissance de Pantxiqua qui lui fit une cour sans retenue et ma chère vieille fille de vingt-cinq ans n'y trouva que son intérêt.

Elle fut plutôt satisfaite de nous voir disparaître…

Au mois de juillet, j'étais accrochée à la taille de Victor, chevauchant sa moto. Nous roulions le long de la corniche menant à Hendaye… Je tournai la tête pour apercevoir le superbe coucher de soleil. Des teintes de mauves se dégradant jusqu'à l'orange coloraient le ciel. Le soleil rappelait une boule de feu descendant progressivement jusqu'à la ligne d'horizon que dessinait l'océan. Victor stoppa son engin et nous contemplâmes posément le spectacle enivrant de ce début d'été. Nous étions proches l'un de l'autre et mes épaules touchaient ses biceps musclés. Je frissonnai, il se tourna vers moi et reprit la chanson d'Elvis Presley qui venait à peine de sortir en disque, *That's all right, mama*. J'étais troublée, l'écoutant et le regardant sans mot dire. Il me prit par la taille et m'emmena à lui où je me blottis contre son torse. Il pencha sa tête et prit mes lèvres. Son baiser était tendre et j'y répondis, tout d'abord avec timidité, puis avec passion. Il embrassa mes tempes et me dit ces mots que j'entends encore aujourd'hui :

— Je suis fou de toi, ma petite Anglaise !

Il me lâcha et nous repartîmes heureux de cet état de grâce. Je pensais que son acte n'était qu'un geste d'abandon, mais lorsque je descendis de sa moto, il m'enlaça et nous rejoignîmes notre bande de copains. Il venait d'officialiser notre relation et personne ne fit aucune remarque… Dans la bande, il y avait la chef incontestable, Pantxiqua et son chevalier servant Gorka ; le clown de service Patxi, Amatxi le grand copain de Victor, Yann le réservé, Xabi et Xalbat, les deux colosses, frères de surcroît, les deux Russes Sergio et Vassili ; et chez les filles, Olga la séductrice, Maïtena la petite amie de Patxi, Maritxu la sage, Maïder la petite sœur de Victor, Catherine la Parisienne et les deux sœurs Nini et Colette. Tout aussi aisément, j'étais devenue la petite amie de Victor !

La semaine, je lui manquais et il me manquait. Il lui arrivait de venir chanter sous ma fenêtre, alors je descendais les escaliers sans bruit et le rejoignais dans la nuit. Cette période était paisible, elle était source de bonheur… Je ne pensais pas à mes parents et quand je leur parlais au téléphone, je restais évasive sur mon planning et mes loisirs… Mon professeur ne tarissait pas d'éloges auprès de ma mère, ce qui la rendait fière de moi et moins inquisitrice quant à ma vie au Pays basque ! Le mois de juillet fut rempli de plage, de baignades, de feux de bois, de fêtes de village et de repas chez les uns et les autres. Le mois d'août promettait le même emploi du temps. Il fut tout aussi merveilleux, jusqu'au jour de mon anniversaire, le vingt-sept. Ce jour-là, c'était la fête du village de Bidart… Les parents de Catherine s'étaient absentés quelques jours et elle en avait profité pour inviter la bande dans leur résidence de famille. C'était la fin des vacances pour certains et ils avaient organisé un déjeuner dans le jardin en mon honneur. Ils m'avaient offert un portrait de Victor et moi, enlacés, nos regards brûlants d'amour. Nous étions magnifiques et nous avons passé un après-midi formidable ! Par la suite, nous sommes descendus légèrement ivres à la fête du village et après avoir dansé, ri et fait les fous, Victor me prit la main et m'entraîna dans un pré situé dans les hauteurs de Bidart, où la vue sur la mer d'un côté et de l'autre la Rhune, me remplirent d'un étrange bien-être. Il posa son blouson de moto sur l'herbe fraîche et nous nous allongèrent côte à côte, les yeux levés sur le ciel étoilé. Nous écoutions les bruits de la fête et les chansons que l'orchestre reprenait avec frénésie Dans cette intimité et dans la pénombre, Victor fit de moi une femme, sa femme…

Meguy était abasourdie, elle n'en croyait pas ses oreilles. Sa grand-mère, la belle Hélène, respectée et respectable avait connu l'amour avant son grand-père ! Elle la regarda avec attendrissement.

— C'était une grande preuve d'amour. À cette époque, les femmes n'étaient pas encore libérées, encore moins si elles n'étaient pas majeures. Cette nuit-là, nous nous sommes promis de nous aimer pour la vie ! Victor avait choisi d'attendre l'âge de ma majorité avant de demander ma main à mes parents. Il était prêt à venir s'installer en Angleterre, chercher un emploi pour rester auprès de moi. Je m'étais engagée à l'aider dans ses démarches, en lui apprenant la langue et en demandant de l'aide à mon père et à ses amis. Il avait quelques notions d'Anglais et en lui donnant quelques cours, il me semblait que tout était possible. Nous étions en train d'écrire notre avenir dans ce pré, au clair de lune, dans un petit village basque. Mais la vie n'est pas si simple et en avait décidé autrement…

Hélène marqua une pause.

— Que s'est-il passé ?

— Pendant que nous construisions nos châteaux en Espagne, nous entendîmes un cri de femme, tout proche de l'endroit où nous nous trouvions. Un cri rauque, plutôt désagréable, qui me donna la chair de poule. Victor se leva et me demanda de l'attendre Il allait voir ce qu'il se passait et il ne tarderait pas à revenir auprès de moi. Mais il n'est jamais revenu… Je l'ai attendu en vain, l'ai appelé, sans aucune réponse en retour. Inquiète, j'ai finalement pris la résolution de redescendre à la fête. En arrivant sur la place du village, l'orchestre s'était tu et des gendarmes étaient sur les lieux. La ruelle menant à la falaise était fermée, gardée par des hommes en uniforme. Je tournai la tête et aperçus Victor, menottes aux poignets, embarqué par les autorités. Mon sang ne fit qu'un tour, je me mis à courir pour le rejoindre et me jeter dans ses bras, criant et pleurant à la fois. Mon élan fut stoppé par un colosse, qui me maîtrisa rapidement. Ma dernière image fut le regard impuissant de Victor posé sur moi, lui qui m'avait toujours protégée.

— Que se passe-t-il ?

— Victor a tué Olga, répondit en sanglotant Pantxiqua.

Chapitre 3

La nuit je mens
Je prends des trains à travers la plaine
La nuit je mens
Je m'en lave les mains
J'ai dans les bottes des centaines questions
Où subsiste encore ton écho
Où subsiste encore ton écho

La nuit, Alain Bashung

Meguy dévisageait sa grand-mère. Hélène la regarda intensément et reprit son récit.

— Victor n'avait pas pu tuer Olga, puisqu'il avait passé toute la soirée à mes côtés. Quel mobile l'aurait poussé à assassiner cette pauvre fille ? Tous les membres de la bande furent interrogés et je fus également convoquée. Lors de mon audition, j'eus la surprise de retrouver mes parents et l'avocat de ma famille dans le bureau du gendarme chargé de l'enquête. J'étais mineure et il avait, par conséquent, contacté mes parents. Lorsque mon regard croisa le regard de ma mère, un long frisson parcourut mon dos. Mon père, quant à lui, faisait bonne figure et cachait du mieux possible son mépris à l'égard de ma conduite.

Ma mère m'interdit de déclarer que j'étais seule en compagnie de Victor. Ce n'était pas convenable ! répétait-elle. Les apparences étaient plus importantes que la vérité mais je ne pouvais pas laisser enfermer Victor. L'avocat réussit à ajourner l'interrogatoire, qui fut remis au lendemain.

Me retrouvant seule en présence de mes parents, je fis profil bas. Mon père avait pris de la distance et préférait laisser ma mère régler la situation. Je refusai catégoriquement de mentir pour sauver mon honneur et le nom de la famille. Ma mère m'attrapa violemment par le poignet et m'enfonça ses ongles dans le bras. Lorsqu'elle comprit que je ne capitulerai pas, elle me lâcha enfin et m'obligea à accepter un accord pour lequel je n'avais pas d'issue. Si je voulais sauver Victor, je devais l'oublier, rentrer en Angleterre aussitôt et ne plus jamais lui donner de mes nouvelles. Mes parents avaient tout prévu et m'avaient inscrite dans une école privée, où je devais être pensionnaire et étudier le droit pour devenir avocate. Je n'avais pas le choix, je devais leur obéir. Malgré moi, après mon audition, je quittai la France, morte de chagrin, sans avoir revu Victor ni le reste de la bande. Je pleurai tout le trajet durant et je crois que c'est à partir de ce jour que je cessai d'aimer ma mère. Je ne l'ai plus jamais appelée « mère », mais « Madame ».

Comment cette femme, au physique si doux, si fragile, avait-elle été capable d'autant de rigidité ? Elle reproduisait son vécu en me faisant vivre à quelque chose près le même châtiment. Emma avait été renvoyée sur le champ et je n'eus personne à qui me confier. Grâce à mon témoignage, Victor fut libéré et mon avocat fit promettre aux gendarmes de ne pas révéler mes propos à quiconque. Victor fut relâché par manque de preuves, ce qui, devant le tribunal populaire, était de mauvais augure.

— Pourquoi Victor a-t-il été arrêté ?

— D'après mon avocat, il était sur les lieux lorsque le corps sans vie d'Olga fut retrouvé. Un touriste passant par là a lancé l'alerte. Il a été suspecté tout comme Sergei, son petit ami, traînant à proximité. Le plus terrible fut d'entendre les révélations du gendarme, affirmant que Victor fréquentait Olga en même temps que Sergei. Par jalousie, il l'aurait poussée de la falaise dans le vide. Le témoignage du touriste pesait contre lui car il l'avait vu sur le lieu du crime, affirmant avoir entendu son nom crié dans la nuit. Ce cri n'était autre que le mien. J'appelai Victor de toutes mes forces, ne comprenant pas sa longue absence.

— Es-tu convaincue de l'innocence de Victor ? Tu dis toi-même qu'il a disparu durant de longues minutes.

— J'en suis certaine ! Victor était incapable de faire du mal à autrui. Son charisme suffisait à le faire respecter. De plus, je te rappelle que nous avions entendu le hurlement de la pauvre malheureuse et c'est ensuite que Victor m'a quittée.

— Quel fut le dénouement de cette histoire ?

— Je n'en ai pas la moindre idée… Je crois que l'assassin n'a pas été arrêté… Nous ne connaîtrons jamais la vérité…

— Et toi, qu'en penses-tu ?

— Je n'en sais rien… Était-ce un amoureux jaloux ? Olga n'avait pas froid aux yeux et flirtait ouvertement avec tous les garçons. Était-ce Sergei ? Je ne l'appréciais pas beaucoup à l'époque, il était plutôt fier et nous regardait avec mépris, mais cela ne faisait pas de lui un assassin. Je fus tout de même chagrinée d'apprendre que Victor fréquentait Olga en même temps que moi. Je ne me suis jamais doutée de rien. Même si Olga était follement amoureuse de lui, Victor avait un comportement distant à son égard. Cette révélation m'a fait beaucoup de mal et s'est ajoutée à ma peine. Pourtant d'après mes souvenirs, Olga n'était pas son genre, il la trouvait trop femme fatale. Il préférait les femmes enfants que l'on protège, tout comme je l'étais à cette époque.

— N'as-tu pas eu l'occasion de le joindre ? Et tes amis ?

— Ce fut impossible, ma mère devint une gardienne de prison. Je fus très surveillée, séquestrée dans un pensionnat pour jeunes filles de bonne famille et par la suite, dans une faculté de droit réservée aux filles. Des ordres avaient été donnés par ma mère quant au tri de mon courrier.

— Et tes copines ? Ne pouvaient-elles pas envoyer une lettre en cachette ?

— Penses-tu ! Elles étaient vissées, elles aussi. N'oublie pas que j'avais perdu ma virginité et ma mère ne me le pardonnait pas.

— Pauvre grand-mère, comment as-tu survécu à ta souffrance ?

— J'ai pansé ma douleur dans les études… Une part de moi est morte cette nuit-là. Mon cœur a été brisé. Durant toutes ces années, je n'avais aucun moyen de joindre Victor… Qu'était-il devenu ? M'aimait-il encore ? Pourquoi ne venait-il pas me chercher en Angleterre ? Tant de questions restées sans réponse… Par la suite, j'ai fait un stage dans l'étude du père de ton grand-père et je l'ai vu pour la première fois… Il était bel homme, bien éduqué. Il était agréable, patient et très intéressant. Nous passions beaucoup de notre temps ensemble. Il m'a fait la cour comme un gentleman et m'a permis d'oublier, ou plutôt d'endormir mon histoire passée… Il a fini par me déclarer sa passion et me demander en mariage. Je savais que je ne reverrais jamais Victor. Aussi, je devais la vérité à Charles. Il a été tourmenté durant quelques jours, mais sa courtoisie l'a emporté et il ne me posa plus jamais aucune question. Il me tendit un écrin contenant une bague de fiançailles… Et j'acceptai de m'engager avec lui sur la route du mariage.

— Et Victor ?

— Ma chère enfant, nous parlons de ton grand-père, tout de même ! Et que j'ai aimé si tendrement… Comment en aurait-il été autrement ? Il était charmant, attentionné, brillant, cultivé… J'ai été heureuse à ses côtés et j'ai mis au monde deux beaux enfants. Mais pour tout te dire, dans l'ombre de mon cœur, j'ai toujours pensé à Victor. Cet amour incroyable, son visage et son sourire ne m'ont jamais quittée.

Hélène laissa couler quelques larmes sur ses joues, entraînant avec elle sa petite-fille, émue par les révélations tragiques de son passé. Elle prit sa grand-mère dans ses bras et la consola du mieux qu'elle put. Elles furent rapidement apaisées, mais Meguy décida de passer la nuit au cottage. Elle prévint ses parents du changement de son programme et retourna auprès de sa grand-mère, pour lui poser des questions.

— N'as-tu aucun souvenir de Victor ?

— J'avais une photographie que je chérissais chaque jour, mais j'ai eu peur que ma mère ne la découvre. Alors je l'ai enterrée avec mon chat Ernesto.

Meguy était dans une histoire de roman… Soudain, la vie de sa grand-mère et celle de son arrière-grand-mère la passionnèrent étrangement. Elle se sentit imprégnée de cette sensibilité, *comme si la biographie de sa famille se répercutait dans ses veines… et probablement dans les générations à venir* pensa-t-elle.

— Ah ! répondit-elle, déçue. Mais où as-tu enterré ton chat ?

Hélène au regard malicieux, lui répondit :

— Ici ! Au fond du jardin, dans notre cimetière aux animaux, sous le grand tilleul. C'est la raison pour laquelle, à la mort de mes parents, j'ai absolument souhaité hériter du cottage.

— Crois-tu que la photo soit toujours-là ?

— À ma connaissance, il n'y a pas eu de fouilles…

— Suis-moi, grand-mère, allons déterrer ton trésor !

— Oh Meguy ! À quoi bon, maintenant, après toutes ces années ?

— Je veux découvrir à quoi ressemblait le séduisant Victor !

Elle s'était redressée avec enthousiasme et força sa grand-mère à la suivre. Au passage, elle récupéra une pelle et une lampe torche dans le local des jardiniers et toutes deux se dirigèrent au fond du jardin. Méguy s'approcha du tilleul et demanda à sa grand-mère l'emplacement de la boîte dans laquelle était enterré Ernesto. Hélène n'était plus tout à fait certaine de l'endroit exact mais Méguy ne se découragea pas pour autant. Elle commença à creuser et soulever la terre, tout autour de l'arbre.

— Était-ce profond ?

— Environ un mètre de profondeur. Tu devrais trouver une caisse en fer. Ce fut mon frère qui m'aida à enterrer mon chat…

Après plusieurs coups de pelle, Meguy cogna contre un objet. Elle s'accroupit et termina de le déterrer, à même les mains. Ses yeux brillaient d'excitation. Elle sortit la caisse rouillée et la posa aux pieds de sa grand-mère.

— Est-ce que je peux l'ouvrir, grand-mère ?

— Je t'en prie…

Meguy s'exécuta et découvrit le squelette de l'animal. Elle fit une grimace et regarda en profondeur. Elle aperçut un petit coffret à bijoux qu'elle s'empressa d'extraire. C'était un de ses modèles qui, lorsqu'on soulevait le couvercle, laissait apparaître une danseuse en tutu tournoyant sur la mélodie d'une boîte à musique. La danseuse restait immobile et la boîte à musique ne jouait plus de notes, mais l'intérieur était maintenu en bon état.

Elle souleva le premier étage et découvrit une enveloppe qu'elle tendit à sa grand-mère. Avec délicatesse, Hélène sortit une photographie en noir et blanc, qu'elle contempla tout d'abord avec émotion avant de la tourner vers Meguy.

— Je te présente Victor !

Le portrait représentait un homme portant un blouson noir et une casquette. Il était assis sur une moto, tenant la pose avec un large sourire étincelant.

— Qu'il est beau ! Mais c'est le sosie de Marlon Brando !

— Victor ! Mon Victor était irrésistible !

— Crois-tu qu'il soit toujours de ce monde ?

— Je ne sais pas… Il aurait quatre-vingt-quatre ans, aujourd'hui…

Chapitre 4

Aïe, Bodega, bodega
Chante nos joies et nos folies
Aïe, Bodega, bodega
Tu es l'étoile de nos nuits
Aïe bodeg's, bodega
Brûle mon cœur et mes soucis

Sous le soleil de Bodega, Les négresses vertes

Le coffre de la voiture de Méguy était chargé à bloc. Elle avait embrassé sa famille et avait promis à sa grand-mère de prendre soin de la photographie de Victor qu'elle lui avait confiée.

Direction la France, le Pays basque… L'aventure de ses aïeules l'avait inspirée et lui avait donné l'envie de découvrir les lieux où elles étaient tombées follement amoureuses et où elles avaient vécu des destins peu ordinaires. Elle ne s'était pas fixé d'objectifs précis… Pourquoi ne pas retrouver la trace de la famille de son arrière-grand-mère ?

Elle avait réservé une chambre dans une maison d'hôtes à Arcangues, aux *persiennes bleues*. En consultant le site internet, elle était tombée sous le charme de l'intérieur *Shabby Chic* et du jardin fleuri qui ne manquerait pas de lui rappeler le cottage de sa grand-mère. Elle se souvint de Pantxiqua, l'amie d'enfance de sa grand-mère qui était originaire de ce village et elle espérait bien retrouver sa trace…

Elle prit l'Eurotunnel de Douvres à Calais et roula jusqu'à Paris où elle fit une halte chez son amie Michelle, sa correspondante française qu'elle n'avait pas revue depuis environ sept années. Celle-ci l'hébergea pour la nuit dans son appartement du XVe arrondissement. Et après avoir déposé les bagages dans le salon, elles se rendirent sur la butte Montmartre, flâner et déjeuner dans un de ses petits restaurants qui avaient vus défiler une large palette d'artistes peintres du XIXe et XXe siècles. Elles étaient ravies de se revoir, Meguy lui relata les derniers changements dans sa vie et Michelle exprima son désir de quitter Paris pour aller s'installer à l'île Maurice. Maguy fut chagrinée à cette idée en se disant qu'elle ne la reverrait certainement jamais… Elle se fit tout aussitôt la remarque que les jours sur terre étaient comptés et qu'il ne fallait pas s'enfermer dans des destins tous tracés. Bien au contraire, il fallait oser partir, tout quitter, prendre des risques et vivre…

Elles se rendirent en suivant au Quartier latin, là où elles avaient tant ri en compagnie d'autres étudiants, à l'occasion des séjours linguistiques de Meguy. Après cette pause amicale, Meguy se prépara à reprendre la route. Elle embrassa affectueusement Michelle et se motiva à accomplir les huit cents kilomètres d'autoroute la séparant de Biarritz. Le trajet fut long et éprouvant mais Méguy se résigna à le faire d'un trait, trop impatiente d'arriver au Pays basque. De plus, son passage à Paris lui rappelait de nombreux souvenirs partagés avec Brian et dorénavant elle préférait éviter les lieux où ils avaient jadis séjourné.

Ce fut dans la soirée qu'elle arriva aux portes de Biarritz. Trop exténuée par la route, elle se rendit directement à la maison d'hôtes où une imposante demeure aux murs blancs et aux volets bleu lavande attira son attention. Comme la majorité des maisons basques, *Les persiennes bleues* étaient bien entretenues. Elle gara son véhicule dans le parking réservé aux visiteurs, sous une tonnelle couverte de glycine et alla frapper à la porte d'entrée. Tout aussi rapidement, un couple l'accueillit chaleureusement. Ses hôtes, Roger et Louise l'aidèrent à décharger son véhicule. Durant sa longue douche réparatrice, Louise lui prépara une collation à base de piperade, de tranches de jambon de Bayonne et de fruits de saison. Elle l'informa sur le règlement et l'organisation de la maison, lui souhaita une agréable nuit et la laissa rejoindre ses appartements. Meguy logeait dans l'immense suite sous les combles où les fenêtres donnaient sur les montagnes et le superbe jardin fleuri.

Le lendemain matin, elle se réveilla sous des draps de lin, dans un décor d'un autre temps. Elle se leva rapidement, enthousiaste à l'idée de visiter Biarritz et ses environs. Elle ne savait pas encore combien de temps elle comptait séjourner sur la terre de ses ancêtres ni ce qu'elle projetait de faire dans un futur lointain… Elle se sentait tout simplement libre et heureuse de ne pas planifier son destin et de vivre l'instant présent. Elle avait besoin d'aventure car durant sa jeune vie, elle avait été encadrée par des parents aimants, prévoyants, qui l'avaient poussée à faire des études, où tout avait été programmé à l'avance. Et pour couronner le tout, sa rencontre avec Brian aurait dû la conduire vers le mariage, une vie réglée où il n'y aurait pas eu de place pour l'imprévu. Heureusement, tout ne s'était pas déroulé comme prévu. Et à ce moment, elle soufflait et se détachait de ce trop-plein de vie bien rangée et affreusement ennuyeuse.

Que lui réservait son destin ? Subitement, elle nourrit l'espoir de rencontrer le grand amour tout comme sa grand-mère et son arrière-grand-mère avant elle.

Louise avait préparé un succulent petit-déjeuner et les résidents n'avaient qu'à se servir. Meguy s'installa dans la grande pièce aux côtés d'un couple de retraités venant d'Espagne, du sud de La Corogne. Elle rit aux éclats en s'apercevant qu'elle ne comprenait rien à leur langue et lorsqu'elle tenta de s'exprimer en anglais, ils la regardèrent avec de grands yeux surpris. *Comme quoi, la langue de Shakespeare tout aussi universelle soit-elle, n'était pas connue de tout le monde !* se fit-elle la remarque. Elle se sentit dépaysée, ce qui accentua sa bonne humeur. À force de mimiques, ils arrivèrent tout de même à communiquer.

Meguy alla chercher son sac à main et prévint Louise de son absence pour le déjeuner. Elle était encore fatiguée de son trajet de la veille, notamment par l'effort de vigilance et de concentration pour rouler à droite et non à gauche comme en Angleterre, mais elle était impatiente de découvrir Biarritz.

Elle se gara dans un parking souterrain en centre-ville et débuta sa balade. Pour l'occasion, elle avait choisi de porter des chaussures plates et une petite robe courte couleur kaki qui s'harmonisait avec sa chevelure flamboyante et faisait ressortir ses yeux mordorés. De nombreux regards masculins la fixèrent, ce qui la mit mal à l'aise, car elle était plus habituée à la froideur des hommes Britanniques. Elle déambula jusqu'au rocher de la vierge et prit d'innombrables photographies. *Le temps était clément, aussi, les clichés seraient superbes, se dit-elle. Elle espérait qu'ils refléteraient au mieux la beauté que le paysage lui renvoyait.* Elle remonta dans le centre-ville en passant par le petit port de pêche et bifurqua sur la place Sainte-Eugénie où elle fit une halte dans un café pour s'abreuver d'un thé noir. Elle en profita pour bavarder quelques instants avec le serveur qui se fit un plaisir de la renseigner et de l'orienter vers les lieux historiques et panoramiques à ne pas manquer de visiter. Elle le remercia gaiement en lui offrant son plus joli sourire et reprit son excursion jusqu'au quartier des halles où elle choisit de déjeuner dans un des nombreux restaurants occupés par une majorité de touristes.

Après un frugal repas, elle reprit sa promenade jusqu'à l'hôtel du Palais où son arrière-grand-mère avait travaillé et avait fait la connaissance de son arrière-grand-père. Meguy trouva des informations sur le web et constata que l'histoire de l'édifice avait une connotation romantique. En effet, Napoléon III[1] et l'impératrice Eugénie le firent construire en 1855 et le nommèrent alors « Villa Eugénie ». Au décès de l'Empereur en 1873, Eugénie en hérita. Par la suite, elle le vendit à la Banque de l'Union Parisienne qui le transforma en hôtel-casino, puis en hôtel dès 1893. Suite à un incendie ravageur, il fut reconstruit en 1903 où il perdit son style mais garda son architecture en forme de E, en hommage à l'impératrice. Il rouvrit ses portes en 1905 et, dès lors, personnalités internationales, politiques et artistiques y séjournent régulièrement.

Meguy pénétra dans son hall prestigieux et fut sous l'influence de son imagination et de la belle histoire d'amour de ses aïeux. Du sang basque coulait dans ses veines et elle en était fière même si des décennies auparavant son arrière-grand-mère avait tout fait pour en effacer la trace. Elle n'avait cependant pas prévu les retombées de ses actes sur sa descendance…

Un air de liberté avait vu le jour et Meguy se réjouissait de son affranchissement naissant, à contre-courant de son éducation

---

[1] www.villeimperiale.com

classique. Elle reconnaissait cet esprit rebelle au travers des actes de sa grand-mère durant son épopée française. Elle-même s'était insurgée au collège, au moment de l'adolescence, contre le port du traditionnel uniforme en le customisant à sa guise et en répondant effrontément ou en fredonnant les paroles de certaines chansons des Clash. À maintes reprises, grâce à l'intervention de sa mère, elle avait évité de justesse l'exclusion de l'établissement. Ses parents avaient été inquiets, mais ne l'avaient cependant pas blâmée et l'avaient soutenue au mieux dans sa période de construction intime. Comment aurait-il pu en être autrement avec une représentante active de l'éducation de Maria Montessori ? Ses parents s'étaient concertés et si toutefois, Meguy n'avait pas fait d'études ou avait échoué dans ses projets, elle aurait pu intégrer l'équipe de Ray et travailler dans sa brasserie. Malgré tout, Meguy avait obtenu d'excellents résultats qui l'avaient conduite sur les bancs de la faculté où elle avait rencontré Brian pour le plus grand bonheur de ses parents. Meguy sourit en se souvenant de cette époque peu lointaine. Était-ce ses origines basques qui avaient fait surgir ses traits de caractère impétueux ?

En flânant dans les rues de la petite ville balnéaire, elle regarda avec envie les vitrines des magasins mais se résonna en se rappelant qu'elle devait consacrer ses économies à son année sabbatique…

De retour, aux *Persiennes bleues*, elle se sentit exténuée mais enchantée de sa journée et choisit de se reposer en prenant son repas en solitaire dans l'intimité de sa chambre. Pour clore cette première journée au Pays basque, elle ouvrit le joli cahier imprimé de fleurs séchées qu'elle avait acheté dans une papeterie de Londres et commença à rédiger les premières pages de son journal de voyage qu'elle choisit d'intituler *Au pays de mes origines*. Pour trouver l'inspiration, elle sortit délicatement la photographie de Victor de son portefeuille, la regarda avec intérêt et laissa les mots éclore sur le papier.

Cette nuit-là, elle s'endormit rapidement, les fenêtres ouvertes sur un ciel étoilé où elle rêva de vagues immenses, de surfeurs athlétiques et de l'incomparable hôtel du Palais. Elle portait une robe de cocktail rouge sang, buvait une coupe de champagne et tournoyait sur elle-même, sous les regards enflammés de nombreux hommes inconnus, tout en riant à gorge déployée. Au loin, des surfeurs semblaient vouloir dompter l'océan en colère.

Quand elle s'éveilla, le lendemain matin, elle fit le constat d'avoir passé une nuit réparatrice et ses pensées se focalisèrent sur l'occupation de sa journée. Louise lui conseilla de se rendre à Saint-Jean-de-Luz, où les vagues étaient moins hautes et moins fortes, en raison de la digue de l'Artha construite au bout de la baie. Celles-ci se cassaient avant d'atteindre la plage. Meguy acquiesça avec enthousiasme et partit se faire dorer au soleil. Elle avait emporté avec elle un vieux roman d'Agatha Christie, « Rendez-vous à Bagdad », que sa grand-mère avait fourré dans son sac à main. Voyages, suspense et meurtres la captivèrent un moment. Ses premières journées au Pays basque étaient oisives et elle se laissait porter par cette douce ambiance de vacances aux senteurs de crème solaire et de sable chaud.

La semaine se déroula ainsi, paisiblement, mais Meguy espérait trouver d'autres activités plus pétillantes. Sans quoi, elle s'ennuierait rapidement et regretterait sa vie londonienne. Elle entendit, soudainement, Louise l'appeler du bas de l'escalier :

— Meguy, es-tu disponible ? Je souhaiterais te présenter quelqu'un…

Meguy sortit de sa chambre et descendit les escaliers avec empressement.

— Voici Antoine, mon neveu, le fils de ma sœur !

Un bel homme, au style hidalgo, avec un petit bouc et des yeux verts la salua chaleureusement. Il devait avoir une trentaine d'années. Il était distingué, tout en étant *cool*. Ses gestes étaient lents et nonchalants. Il prenait le temps de vivre.

— Bonsoir, moi, c'est Meguy ! dit-elle.

Tous deux s'observaient sans mot dire et ce fut Louise qui rompit le silence.

— Bah, alors les jeunes ! Allez faire connaissance ! Allez, ouste ! Et elle les accompagna jusqu'au jardin où elle les invita à prendre place autour d'une table de la terrasse.

— Je vous apporte de la limonade, et toi, Antoine, ne fais pas ton timide. En général, tu as la langue bien pendue !

Antoine était légèrement intimidé par la présence de Meguy qui, elle-même ne se sentait pas très à son aise. Tous deux sortirent un mot en même temps de leur bouche. Ils s'excusèrent et réitérèrent leur intervention en faisant de même, ce qui les fit éclater de rire et détendit l'atmosphère. La glace fut brisée et le *feeling* s'installa naturellement.

Antoine tenait un bar à *tapas* à Saint-Jean-de-Luz et avait un réseau social étendu. Meguy, lui expliqua que le comptoir n'avait pas de secret pour elle, étant donné qu'elle avait grandi aux *Queens*, dans la brasserie de son père. À ces mots, Antoine, lui proposa de venir lui donner un coup de main lors des soirées d'affluence, le vendredi et le samedi. Meguy accepta son offre, ravie de pouvoir s'immerger aussi rapidement dans la vraie vie française et d'avoir l'occasion de faire de nouvelles connaissances. Lorsqu'il la quitta, il lui confia l'adresse de son *pub* et l'invita à le rejoindre le lendemain à partir de dix-neuf heures. Meguy était aux anges. Son séjour se présentait sous de bons auspices.

Chapitre 5

Hear this voice from deep inside /Entends cette voix du plus profond de toi
It's the call of your heart / C'est l'appel de ton Cœur
Close your eyes and you will find / ferme les yeux et tu trouveras
The passage out of the dark / La sortie des ténèbres
Here I am / Me voici

Send me an Angel, Scorpions

L'heure de l'apéritif était passée et Meguy était affairée à préparer la mise en place des cocktails du soir… En levant les yeux, elle vit pénétrer dans le bar deux jeunes et beaux garçons. L'un devait avoir à peu près l'âge d'Antoine et l'autre paraissait légèrement plus jeune, *probablement le même âge qu'elle,* pensa-t-elle. Ils étaient accompagnés d'un groupe d'amis et avaient l'air de fêter un évènement en particulier. Aussitôt, Antoine alla à leur rencontre et les embrassa sur les joues. Le groupe s'installa au comptoir et prit rapidement possession des lieux. Les deux garçons s'aperçurent de la présence de Meguy et lui jetèrent des regards curieux qui la firent rougir légèrement. Le plus jeune l'interpella jovialement pour commander des bières, du vin rouge et des *tapas*. Meguy, habituée à de vrais repas pris à des heures précises, fut surprise de servir de la *charcuterie* à une heure aussi avancée de la soirée… Antoine l'informa de l'influence espagnole sur le Pays basque français et ses traditions.

Le plus âgé des deux ne lui adressa pas la parole, cependant son regard croisait fréquemment le sien. Son teint hâlé, ses cheveux décolorés par le soleil, ses yeux dorés et sa musculature sportive faisaient émaner de lui une virilité presque animale. Quant au plus jeune, légèrement plus grand et tout aussi musclé, il avait des cheveux bruns qui lui tombaient sur les épaules, une barbe naissante mal rasée et des yeux sombres. Il n'avait rien à envier à son aîné. Meguy les trouva tous deux très séduisants. Antoine présenta Meguy à ses amis.

— Voici Bixente !

Bixente la regarda droit dans les yeux et la salua en levant son verre.

— Voici Peio, son frère !

Peio lui adressa un large sourire qui découvrit de magnifiques dents blanches.

— Et voici Meguy, qui nous vient de Londres !

Le petit groupe reprit en cœur :

— Bonsoir Meguy de Londres !

Chacun se désintéressa tout aussitôt pour reprendre ses échanges avec les autres membres du groupe, hormis Peio qui s'approcha d'elle pour lui adresser la parole. Entre deux boissons servies, Meguy répondait avec élégance aux questions du jeune homme. Il prit connaissance de son âge, son nom de famille, sa ville d'origine, l'adresse de sa logeuse et les raisons qui l'avaient éloignée de sa famille. Quant à elle, son éducation anglaise l'avait contrainte à ne pas poser de questions indiscrètes. La soirée se déroulait dans une bonne ambiance, où musique, rire et éclats de voix résonnaient de toutes parts. Finalement, les jeunes gens quittèrent les lieux aux alentours de minuit. Bixente la salua d'un signe de tête et Peio vint lui baiser la main avec délicatesse. Elle entendit le reste du groupe le chahuter et lui, répondre avec aisance qu'il avait reçu une éducation attentive aux bonnes manières envers la gent féminine. Elle les entendit, au loin, s'esclaffer à ses pitreries et plus rien. Leurs propos s'étaient mélangés au brouhaha de la rue.

Le bar parut bien vide après leur départ, l'ambiance avait disparu avec eux. Il ne restait plus que quelques tables occupées en terrasse et un couple tranquillement installé en bout de comptoir.

Meguy rangeait les verres sur les étagères quand Antoine vint s'informer de son impression sur sa prise de poste.

— Comment as-tu vécu ta première soirée ?

— Bien… j'ai rapidement trouvé mes marques. J'ai apprécié le travail d'équipe.

Antoine lui sourit,

— Que penses-tu de mes amis ?

— Plutôt bruyants ! répondit-elle en souriant. Qui sont-ils pour toi ?

— Bixente et Peio sont mes amis d'enfance. J'étais en classe avec Bixente… Peio, son jeune frère, nous suivait partout.

— Peio à l'air plus communicatif que Bixente !

Antoine sourit à la remarque de Meguy.

— Bixente paraît un peu rustre, en effet… Il est plus long à accorder sa confiance, mais c'est un chic type. Peio est le clown de service, toujours de bonne humeur, jovial… Ils sont tous deux en constante compétition, dans tous les domaines…

— Quels sports pratiquent-ils ?

— Notamment du surf, de la pala mais aussi de la moto, du ski, de la randonnée et tant d'autres…

Meguy resta songeuse et se dit que cette rencontre l'avait troublée. Pour quelles raisons ? Était-ce le comportement mystérieux de Bixente ou le jeu de séduction de Peio ?

Quelle ne fut pas sa surprise lorsque deux jours après sa première soirée au bar d'Antoine, Peio se présenta chez Louise ! Celle-ci l'accueillit avec un petit sourire en coin.

— Té, Peio, quel bon vent t'emmène ? Il y a bien longtemps que je ne t'ai vu… Entre, viens boire le café !

— Bonjour, Louise, je passais voir *amatxi*[2]. J'en ai profité pour venir vous saluer !

Il aperçut Meguy assise dans la salle de séjour :

— Bonjour Meguy !

— Bonjour, Peio, comment vas-tu ?

— Je vais bien ! Comme tu peux le constater, je viens te saluer ! Ce soir, c'est jour de marché à Biarritz, nous avons l'habitude de nous retrouver au Bar de la Poste. Ça te dit de te joindre à nous ?

— Oh, mais oui ! Avec plaisir ! Vers quelle heure ?

— Tu peux nous retrouver vers dix-neuf heures. C'est autour des Halles, tu connais ?

Meguy hocha la tête, elle se souvenait de son déjeuner pris dans le quartier, lors de son arrivée.

— Dès que tu approches des Halles, tu me passes un coup de fil et je viendrai à ta rencontre.

Ils échangèrent leur numéro de téléphone portable tandis que Louise les laissa seuls et retourna à ses fourneaux. Meguy détailla Peio de la tête aux pieds. Elle le trouva irrésistible dans son bermuda en jeans, son tee-shirt de l'armée délavé et ses

---

[2] Grand-mère en Basque.

cheveux encore humides. Il sentait bon et son parfum aux notes marines lui chatouilla les narines.

— Je vais devoir te quitter, je cours chez ma grand-mère !

Il se leva soudainement et sans que Meguy eût le temps de répondre, lui fit une bise sur la joue.

— À ce soir !

Elle le regarda quitter la maison et se sentit imprégnée de sa bonne humeur contagieuse. Elle se leva de la chaise, prit les deux tasses et les apporta à la cuisine tout en chantonnant, sous l'œil espiègle de Louise.

Comme convenu, Meguy se rendit au rendez-vous. Elle trouva facilement le Bar de la Poste, mais elle eut des difficultés à pénétrer dans la salle, tant il y avait de monde. Les gens chantaient, buvaient et se tenaient debout en occupant tout l'espace. Peio l'aperçut de l'intérieur et alla l'accueillir. Il lui fraya un chemin en la conduisant par la main, la dirigeant à l'autre extrémité du comptoir, jusqu'au fond de la salle. Meguy reconnut ses amis, puis instinctivement, son regard se porta sur Bixente. Ils la saluèrent poliment mais tout comme lors de leur première rencontre, ils se détournèrent avec indifférence. Du temps que Peio s'était éloigné pour commander des bières, Bixente s'approcha de Meguy. Elle le détailla discrètement et le trouva fort séduisant dans sa chemise noire et son jeans à la coupe droite. Pour l'occasion, elle avait choisi de porter une robe blanche aux épaules dénudées, fermée sur le devant par une rangée de boutons dorés et des espadrilles à talons compensés. Un large ruban disciplinait son abondante chevelure et faisait ressortir le joli hâle de son teint.

Bixente se pencha à son oreille.

— Tu connais le marché de Biarritz ?

— C’est la première fois que je viens. Je suis surprise par l’affluence !

— C’est avant tout un évènement destiné aux touristes, mais l’occasion nous permet de nous retrouver et de boire un verre entre copains. De quelle ville viens-tu ?

— De Londres, mais je séjourne régulièrement dans la maison de ma grand-mère dans le Kent. Tu y es déjà allé ?

Pour toute réponse, il lui répondit dans un anglais très correct, ce que Meguy s’empressa de lui faire remarquer. Peio les rejoignit, les mains chargées de bouteilles de bière.

— Il t’a fait son numéro en anglais ? Monsieur a fait des études en langues étrangères et a séjourné en Angleterre…

Bixente sourit à la remarque de son frère. Meguy remarqua son superbe sourire aux dents aussi blanches que celles de Peio. En souriant, des rides d’expression étaient apparues au coin de ses yeux et lui donnaient un charme supplémentaire. *Elle se fit la remarque qu’elle devrait faire attention de ne pas trop boire d’alcool pour éviter de se laisser aller à cette attirance physique qui la troublait.*

— Qu’es-tu venue chercher au Pays basque ? lui demanda soudainement Bixente.

Meguy lui expliqua son désir de changer d’air, de quitter son emploi et sa vie. Vivre une expérience en France, le pays qu’elle chérissait depuis sa plus tendre enfance était pour elle un réel bonheur.

— Et pourquoi as-tu choisi le Pays basque ?

Meguy resta discrète sur les révélations de sa grand-mère mais relata l’histoire de son arrière-grand-mère.

— Comment a-t-elle pu renier ses origines ? Nous autres Basques, sommes terriblement attachés à nos racines, à nos familles, à nos valeurs…

— Il me semble que certains d'entre vous ont émigré aux États-Unis… N'est-ce pas ?

— Tu marques un point ! En effet, jadis, la vie était rude ici… Ils ont eu le courage de tout quitter et de s'implanter en terre inconnue… Cependant, ils ont créé une vraie communauté basque, là-bas… Nous t'aiderons à trouver la famille de ton arrière-grand-mère. Peio connaît beaucoup de monde…

Meguy lui fut reconnaissante et le remercia d'un sourire, tout en posant sa main sur son bras. *Était-ce son imagination ou avait-elle constaté que tous deux avaient sursauté au contact de leur peau ?* Elle s'écarta légèrement, mais quelqu'un la bouscula et elle se retrouva blottie contre le torse du jeune homme. Un trouble profond l'envahit. Elle sentit sa chaleur contre sa poitrine. Le temps s'arrêta un court instant. Son regard était plongé dans le sien. Ni l'un ni l'autre ne bougea. Ce fut Peio qui mit un terme à cette proximité en les rejoignant avec une nouvelle tournée de bières. Bixente s'écarta et Peio lui tendit une bouteille pour dégager une de ses mains et la placer sur la taille de Meguy. Il lui confia des anecdotes sur Bixente. Celui-ci écoutait son frère déblatérer des inepties et ne tint pas plus longtemps son sérieux. Il finit par éclater de rire. Meguy remarqua sa mimique. Celle de passer la main dans ses cheveux pour se décoiffer légèrement. Ce qui le rendait moins strict…

Elle vécut une agréable soirée en compagnie des garçons et quand vint le moment de les quitter, Peio lui demanda de le déposer chez sa grand-mère où il avait l'intention de dormir. Il insista pour prendre le volant et Meguy lui lança les clés qu'il attrapa au vol. Tous deux saluèrent la bande. Avant de pénétrer dans le véhicule, Meguy eut juste le temps d'entendre Bixente dire bonsoir d'un ton détaché.

La grand-mère des garçons habitait la grande demeure basque, voisine des *Persiennes bleues.* Peio rangea la voiture de Méguy sous la tonnelle et parcourut les quelques mètres les séparant de la maison de son aïeule. Il souhaita une agréable nuit à Meguy et la quitta sans chercher à la séduire, ce dont elle lui fut reconnaissante.

Le lendemain matin au petit-déjeuner, de la fenêtre de la cuisine, elle aperçut Bixente fendre du bois. Son torse était dénudé. Elle ne put se résoudre à détourner son regard. Elle admira ses muscles en contraction, ses pectoraux virils et ses abdominaux bien dessinés. Elle le contemplait tout en étant honteuse de son indiscrétion. Ce fut Louise, qui mit fin à sa curiosité en pénétrant dans la pièce. Meguy sursauta et rougit d'être démasquée en mauvaise posture mais Louise lui sourit avec bienveillance.

— C'est difficile de choisir, hein, ma fille ? Ils sont aussi beaux et attachants, l'un que l'autre. À ton avis, pourquoi sont-ils toujours célibataires ? Sans lui laisser le temps de répondre, elle enchaîna :

Ils ont toujours été en rivalité, et ce, depuis l'enfance. Lorsqu'une fille tombe amoureuse de l'un, elle finit par tomber amoureuse de l'autre. Mais ça finit toujours de la même manière… Elles disparaissent et les deux frères sont toujours ensemble…

Meguy ne répondit pas mais comprit le message que Louise souhaitait lui transmettre. Elle quitta Bixente du regard et se rendit dans sa chambre pour rédiger son journal sous les coups de hache du jeune homme qui résonnaient dans le jardin.

Les jours défilaient et Meguy n'avait toujours pas entrepris de recherches sur sa famille lointaine ni sur le beau Victor. Les fins de semaine, elle se rendait chez Antoine et rencontrait régulièrement Bixente, Peio et leurs amis. Elle se sentait à l'aise avec Peio, mais Bixente gardait toujours ses distances. Dès que l'occasion se présentait, elle s'arrangeait pour se retrouver seule en sa compagnie, mais une jeune femme de la bande, Gaby, une superbe blonde filiforme et surfeuse de surcroît, venait les retrouver et accaparait son attention. Était-elle sa petite amie ?

Meguy posa la question à Antoine, qui parut bien surpris… *Il aurait pensé que la jolie Anglaise serait attirée par Peio... Même si, pour lui, Bixente était le mâle idéal, il le trouvait cependant un peu trop réservé pour Meguy. Mais, il ne connaissait pas bien les femmes et leurs désirs...*

— Bixente et Gaby ont eu une relation, il y a quelques années déjà… Ils se connaissent depuis la maternelle…

Meguy écoutait en se mordillant les lèvres. Antoine poursuivit :

— Mais elle a eu une liaison avec Peio en même temps que Bixente… Depuis leur rupture, elle tente par tous les moyens de le reconquérir et elle ne supporte pas qu'une autre femme l'approche…

La conversation en resta là et ils reprirent leur service comme si de rien n'était. Meguy appréciait la discrétion et l'élégance d'Antoine.

Quelques jours plus tard, il lui proposa de visiter Bilbao ou Pampelune, selon son choix… Meguy préféra Bilbao et décida formellement de rejeter Pampelune. Dans la presse, elle avait lu l'acquittement des présumés coupables de viol d'une jeune femme de dix-huit ans durant les fêtes de la ville. *Par solidarité féminine, elle n'y mettrait pas les pieds !* Mais le respectueux Antoine rectifia ses informations. En première instance, en effet la cour avait qualifié les faits « d'abus sexuel », ce qui avait conduit d'innombrables personnes à manifester dans les rues de nombreuses villes Espagnoles. Depuis, un ultime jugement les avait condamnés à quinze ans de prison.

— Victoire ! cria Méguy en levant le poing, mais elle ne changea pas d'avis pour autant.

Antoine vint la récupérer chez Louise, tôt dans la matinée, d'où ils partirent de gaieté de cœur en excursion. Le temps était clément et Meguy fut sous le charme de la ville dès la traversée de son superbe pont suspendu. Le musée Guggenheim attira sa curiosité et ainsi avec insouciance, elle se laissa emporter dans le tourbillon de « La matière du temps » de Richard Serra.

Lorsqu'ils sortirent du Musée, il était temps de déjeuner. Antoine entraîna Meguy dans les ruelles de la vieille ville où ils s'installèrent confortablement à la terrasse d'un restaurant, au centre d'une petite place fleurie. Il lui fit goûter toutes sortes de plats à base de friture, mais Meguy, peu habituée à ce type de cuisine resta prudente et choisit de déguster une paëlla. Ils quittèrent le restaurant pour se rendre chez un glacier et commander d'énormes coupes de glace couvertes de chantilly et de chocolat chaud. L'atmosphère était légère, Antoine se dévoila un compagnon fort agréable et un guide hors pair. Leur escapade s'acheva sur quelques emplettes. Grâce à ses extras effectués chez le jeune homme, Meguy n'eut aucune mauvaise conscience à se faire plaisir. Elle renouvela sa garde-robe en s'offrant une combinaison fleurie dans les tons verts et rose, une incontournable petite robe noire et des sandales à talons hauts aux motifs ethniques. Elle donna son avis à Antoine en le persuadant d'acheter une marinière et deux jolies chemisettes aux harmonies Hawaïennes.

Sur la route du retour, Antoine lui conseilla de se rendre à la mairie d'Ahetze pour entreprendre des recherches sur ses origines. Elle l'écouta attentivement et se promit d'y passer dès le lendemain. Il la déposa devant *les Persiennes bleues* et fila à toute vitesse à son restaurant. Avant qu'il ne la quitte, Meguy le remercia chaleureusement pour la journée récréative qu'ils venaient de partager.

Après cette jolie parenthèse, elle n'eut pas l'envie de s'enfermer dans sa chambre, aussi, elle déposa furtivement ses paquets sur le lit et emprunta la bicyclette de la maison. Elle roula vers le centre du village avec le vent qui soufflait dans ses cheveux. Elle apprécia sa promenade de fin de journée et pédala d'un bon rythme jusqu'au milieu de la côte abrupte où elle descendit de selle et continua à pied en poussant son vélo sur le côté. Dans son dos, elle entendit le bruit de moteur d'un véhicule qui la rattrapa et roula au pas à ses côtés. Elle tourna la tête et aperçut Bixente. Ses vitres étaient baissées et il s'adressa à elle avec un superbe sourire.

— Yep Meguy ! Comment vas-tu ? As-tu un problème avec ta bicyclette ?

— Hello Bixente ! Tout va bien ! La côte est un peu raide…

Il sourit à sa remarque et lui proposa de charger le vélo à l'arrière de son Dodge et de la déposer où elle le désirait.

— J'allais faire un tour au village !

— Ça tombe bien, je dois apporter des documents à un client. Je n'en ai pas pour longtemps. Je te rejoins au café si tu veux…

— Avec plaisir, mais quel café ?

— Tu ne peux pas te tromper, il n'y en a qu'un !

Meguy sourit. Bixente la quitta sur la place principale et lui donna rendez-vous une vingtaine de minutes plus tard. Elle trouva rapidement l'établissement et s'installa en terrasse où elle en profita pour lire les nouvelles du quotidien régional. Bixente la retrouva avec exactitude vingt minutes après.

Les deux frères travaillaient dans l'entreprise familiale que leur père avait créée dans le domaine de la construction et de la maçonnerie. Peio gérait les travaux et Bixente les affaires en cours.

Il commanda une bière et Meguy décida de découvrir les vins français. Il lui conseilla un verre de Médoc.

— Comment se passe ton séjour chez les Basques ?

— Très bien… Je me sens chez moi. Quelquefois, je m'ennuie un peu… Heureusement, je travaille chez Antoine. Aujourd'hui, il m'a invitée à visiter Bilbao. C'était une journée très agréable.

— Tu verras, lorsque tu connaîtras davantage de monde, tu ne voudras plus partir. Le Pays basque est attachant. Il pleut souvent, mais l'hiver est doux et l'été est magnifique. Tu as aimé Bilbao ?

— Oui beaucoup, c'est une très jolie ville…

— Je n'aime pas beaucoup Bilbao. En fait, je devrais dire que je n'aime pas beaucoup les villes. Quoique j'apprécie de me rendre à San Sébastian, de temps à autre… Je te ferai découvrir, si tu es d'accord ?

Meguy était aux anges, l'idée de se retrouver une journée en tête à tête avec Bixente était loin de lui déplaire.

— J'en serais ravie… Quand tu voudras…

— Ce soir, je dîne chez *amatxi* et après le repas, j'ai l'intention d'aller au cinéma, voir *Dunkerque*. Est-ce que tu veux m'accompagner ?

— Oui ! En effet, le film rend hommage à mes compatriotes… J'ai très envie de le voir.

— Il y a une séance à vingt et une heure au Select, à Saint-Jean-de-Luz. Je passe te prendre chez Louise !

— On fait comme ça !

Bixente régla l'addition et tous deux se dirigèrent en direction de son véhicule. Il ne déposa pas Meguy aux *Persiennes bleues* mais roula quelques centaines de mètres supplémentaires pour pénétrer dans la propriété de sa grand-mère. La demeure était de type basque, aux murs blancs et aux volets rouges. Des jardinières de géraniums étaient suspendues aux fenêtres et des parterres de fleurs bordaient les allées.

— Je vais te présenter mon aïeule !

Ils entrèrent dans une vaste pièce de séjour où des tableaux représentant l'océan sous différents aspects égayaient l'austérité des lieux.

— *Amatxi* ! C'est Bixente ! Je viens te présenter ta nouvelle voisine !

Une dame âgée aux cheveux courts bouclés et aux yeux foncés fit irruption. Un tablier de cuisine couvrait ses vêtements et cachait un léger embonpoint. Elle était presque aussi grande que Bixente et sa froideur intimida la jeune femme. En voyant Meguy, son sourire se figea.

— Voici Meguy ! Elle séjourne chez Louise. Elle est Anglaise.

— Peio m'a déjà informée de sa présence, répondit-elle d'un ton bourru. Elle la salua poliment sans aucun geste chaleureux.

— Bonsoir, Madame !

La grand-mère de Bixente la regarda à peine et s'adressa à son petit-fils :

— Ne tarde pas trop, si tu ne veux pas louper ta séance de cinéma !

Elle proposa finalement à Meguy de se joindre à eux. Meguy reçut l'invitation comme un simple geste de politesse, aussi, refusa-t-elle avec courtoisie… Bixente raccompagna sa compagne jusqu'aux *Persiennes bleues*, un sourire amusé affiché sur ses lèvres.

— Ne te formalise pas de son accueil ! Elle est antipathique avec les inconnus… Quand elle te connaîtra, elle s'adoucira, j'en suis certain…

— Pas de problème ! Mais ne la fais pas attendre plus longuement ! Je ne voudrais pas subir les affres de sa mauvaise humeur !

Tous deux s'esclaffèrent.

Meguy avait changé de tenue pour une robe en jeans accompagnée de ses nouvelles sandales aux couleurs ethniques. Elle avait placé un tissu assorti sur sa tête en guise de serre-tête et avait ajouté une touche de gaieté en portant de larges créoles en or ayant appartenu à sa grand-mère. Elle maquilla légèrement ses yeux et rejoignit rapidement Bixente qui l'attendait sur le chemin.

— Tu es en beauté, Meguy !

Meguy fut enchantée du compliment de Bixente et répondit tout aussi rapidement pour cacher son trouble.

— Merci ! Tu n'es pas mal, non plus !

Il portait un jeans et une chemisette blanche qui mettait en valeur son teint doré par le soleil. Elle crut reconnaître « Eau sauvage » de Christian Dior et elle ne put s'empêcher de penser à Alain Delon dans le film *La piscine*… à sa beauté naturelle, qu'elle compara à celle de Bixente et à son côté bestial.

Dunkerque émut Meguy aux larmes. Elle se sentit touchée par la solidarité des civils anglais durant la Seconde Guerre mondiale, allant jusqu'au péril de leurs vies pour sauver leurs compatriotes bloqués sur les plages de Dunkerque, piégés par les troupes allemandes. Elle se fit la remarque *que tout n'était pas perdu dans ce monde et qu'il restait, par bonheur, encore un peu d'humanité.* Elle était fière du rôle de l'Angleterre durant le conflit mondial et de la position supérieure de Churchill.

D'ailleurs, son arrière-grand-père avait redonné, après-guerre de la grandeur à sa fabrique de porcelaine, en produisant un service de table à son effigie et en faisant peindre à la main sur la vaisselle la couronne d'Angleterre dorée à l'or fin ornée des initiales de Sir Winston Churchill. Les porcelaines avaient eu un succès émérite dans de nombreux pays et colonies britanniques et avaient grandement participé à la notoriété et à la richesse de sa famille. Meguy raconta la petite anecdote à Bixente qui lui fit remarquer que c'était un devoir de se souvenir et de respecter les anciens.

Au retour du cinéma, il arrêta son véhicule devant la maison d'hôtes et invita Meguy à regarder les étoiles. Meguy le détailla et le trouva surprenant. Derrière ses airs renfrognés se cachaient une infinie tendresse pour sa famille, des valeurs fortes et un grand respect pour la nature. Ils regardèrent en silence le ciel étoilé et le garçon mit fin à leur tête-à-tête en la raccompagnant devant sa porte d'entrée. Il se passa la main dans les cheveux.

— Bonne nuit, Meguy, j'ai passé une belle soirée en ta compagnie.

Les yeux de Meguy étincelaient. Elle lui répondit d'une voix suave.

— Bonne nuit, Bixente, ce fut un bon moment pour moi, également.

Il ne s'approcha pas d'elle pour l'embrasser, comme elle l'avait imaginé. Il s'éloigna sans bruit, d'un pas léger. Meguy fut déçue de son départ précipité, elle aurait tant souhaité rester plus longuement en sa compagnie. Elle monta les escaliers et dans l'intimité de sa chambre, se remémora chaque détail vécu en présence du jeune homme. Elle s'endormit en pensant à sa voix, sa bouche sensuelle et ses cheveux en bataille.

Les jours suivant sa rencontre avec Bixente, Meguy se rendit dans la mairie du petit village d'Ahetze où elle annonça le but de sa démarche au fonctionnaire du service public. Celui-ci lui expliqua qu'il n'y avait plus de documents anciens sur place et qu'elle devrait se rendre aux archives départementales de Pau. Devant sa mine abattue, il s'apitoya et la fit patienter un instant. Il pénétra dans une pièce proche de l'accueil au public pour en ressortir accompagné d'un homme plus âgé qui salua poliment Meguy. Il l'invita à entrer dans son bureau où elle lui rappela l'objet de sa visite. Elle se sentit dans l'obligation de raconter l'histoire de son arrière-grand-mère à un inconnu. Celui-ci l'écouta sans l'interrompre et lorsqu'elle eut terminé son récit, il lui dit connaître une famille Amestoy habitant sur la commune d'Ahetze. Il lui parla d'une Maguy Eritxague, du nom de naissance Amestoy. En lui confiant l'adresse, il lui conseilla de la contacter de sa part, Jean Biraben. Meguy le remercia chaleureusement et installée dans son véhicule tapa l'adresse sur son GPS, qui la conduisit en quelques minutes sur son lieu de destination. Elle se retrouva dans une voie sans issue.

Au bout du chemin, une maison traditionnelle basque, aux murs blancs, volets rouges et balcons fleuris d'une multitude de géraniums, dominait sur un parc arboré. Meguy se gara à l'extérieur de la propriété et pénétra à pied dans la cour où un berger belge noir vint l'accueillir en aboyant. Dérangée par les aboiements du chien, elle entendit la voix d'une femme l'appeler.

— Tania ! Viens mon chien, viens ! N'ayez pas peur, elle est brave, la bête…

Meguy caressa les poils drus de la chienne, qui sous ses douces caresses, se roula à ses pieds, les quatre fers en l'air avec l'espoir d'être caressée sur le ventre.

— Je vois ça ! répondit-elle.

La dame éclata de rire.

— Comme chien de défense, elle est parfaite ! renchérit-elle en plaisantant. Que puis-je faire pour vous ?

— Bonjour, je m'appelle Meguy Bourne et je viens de la part de Jean Biraben.

— Bonjour, moi, c'est Maguy. Comment va Jean ? Cela fait un moment que je ne l'ai pas vu dans le coin.

Et sans attendre sa réponse,

— Entrez, entrez, vous prendrez bien une tasse de café ?

— Oui, volontiers. À vrai dire, je ne le connais pas...

Maguy la regarda, étonnée et Meguy entama un long récit qui laissa Maguy pantoise. À la fin de l'histoire, Maguy se leva, sortit de la pièce et revint les mains chargées d'une boîte à gâteaux en fer. Elle s'assit à nouveau et lorsqu'elle ôta le couvercle, Meguy aperçut de nombreuses photographies en noir et blanc.

— Dans mon enfance, j'ai entendu parler de tante Victoria, qui vivait de l'autre côté de la Manche et qui ne venait jamais nous voir... Les rares fois où mon père parlait de sa sœur, il avait les larmes aux yeux. Je les connais toutes ! Celle-ci est ma préférée... Elle sortit une photographie où un jeune homme brun tenait serrée dans ses bras une belle jeune femme aux cheveux clairs et à l'allure distinguée. Ils étaient dans la cour d'une ferme, entourés d'un cheval de trait, d'un chat gris et d'une énorme oie blanche. La jeune femme resplendissait de bonheur.

— C'est mon père, Léon, et sa sœur Victoria ! Ils sont si beaux et paraissent bien insouciants...

Meguy, émue, saisit la photographie et la contempla. *Victoria avait certainement déjà rencontré Richard, pensa-t-elle et son amour la transfigurait. Que de souffrance par la suite et de sacrifices pour pouvoir vivre sa romance, pleinement...* Maguy lui montra d'autres illustrations de la famille et lui fournit de nombreuses informations. Meguy avec son téléphone portable immortalisa les clichés susceptibles d'intéresser sa grand-mère. Elle resta plus de deux heures avec sa lointaine parente et au moment de la quitter, Maguy l'invita à déjeuner.

— Dimanche prochain, je reçois mes enfants et petits-enfants. J'aimerais vous inviter et vous les présenter. Qu'en pensez-vous ? Vous serez la bienvenue. Vous faites partie de ma famille, nous pourrions commencer par nous tutoyer !

— Je viendrai avec grand plaisir, Maguy ! Je cours appeler ma grand-mère pour lui relater notre rencontre. Elle sera très heureuse, j'en suis persuadée. Ne pas connaître la famille de sa mère l'a beaucoup attristée tout au long de sa vie. Elle a vécu avec un manque, comme une partie d'elle-même amputée…

— J'espère rencontrer ma cousine Hélène, la fille de tante Victoria, que nous admirions en secret ! Le temps passe, nous ne sommes pas éternelles… Je vais téléphoner à ma sœur Jeanette et lui raconter la nouvelle. Elle ne va pas en croire ses oreilles. Je vais la convier au repas de dimanche, vous pourrez faire sa connaissance. Lorsque nous étions jeunes et belles, nous voulions rejoindre Victoria en Angleterre, la côtoyer et faire partie de son monde… Même si nous savions que c'était impossible, qu'elle nous avait reniées… Jeanette rêvait d'épouser un Anglais. Je pense qu'elle se prenait un peu pour elle… Tout le monde lui disait qu'elle lui ressemblait et ça lui plaisait bien. Pauvre papa, il aimait tant sa petite sœur ! il nous a quittés sans la revoir.

— Je ne pense pas qu'Harry, le frère de ma grand-mère Hélène soit dans la même dynamique de retrouvailles. Il est d'un snobisme ! Ses origines françaises ne l'intéressent absolument pas…

— Ce n'est pas grave, on s'en passera ! Maguy éclata de rire.

Meguy était sous le charme de cette spontanéité naturelle, non calculée. Elle prit congé de sa lointaine cousine en l'embrassant affectueusement et lui fit la promesse de les rejoindre pour le repas dominical. Elle prit la route du retour avec enthousiasme. Arrivée aux *Persiennes bleues*, elle monta immédiatement dans sa chambre et plutôt que de contacter sa grand-mère, appela Bixente. Elle avait envie de partager ce moment fort avec lui. Elle savait qu'il comprendrait ses émotions, étant lui-même très attaché à ses racines et à sa famille… Il répondit à son appel d'une voix chaleureuse.

— Yep, Meguy ! Que me vaut le plaisir de t'entendre ?

— Bonjour Bixente ! répondit-elle avec une voix remplie d'enthousiasme. Ce matin, j'ai rencontré la famille de mon arrière-grand-mère ! C'était exceptionnel…

— C'est une merveilleuse nouvelle ! Comment as-tu fait ?

Meguy lui fit un rapide résumé des faits.

— Il faut fêter ça !

— Je suis partante ! Mais cette fois, c'est moi qui t'invite…

— Si tu insistes ! Je te laisse organiser la soirée ! Évite juste les hamburgers et compagnie…

— Ah ! Je pensais te faire goûter du bœuf à la gelée de menthe ! répondit-elle en plaisantant.

— Même pas en rêve !

Meguy éclata de rire.

— Tu as raison, le fromage de brebis à la confiture de cerises noires, c'est meilleur !

— Je te ferai goûter, tu vas adorer… Tu ne voudras plus quitter le Pays basque.

Sur ce, Bixente prit congé et Meguy raccrocha, le regard illuminé. Dans la minute qui suivit, elle composa le numéro de sa grand-mère.

— Bonjour Grand-mère ! Tu ne devineras jamais ! Et sans lui laisser le temps de répondre, elle enchaîna : aujourd'hui, j'ai fait la connaissance de ta cousine germaine…

Donc, Victoria avait deux frères, Édouard et Léon. Édouard est décédé pendant la Seconde Guerre mondiale. Il était résistant et a été fusillé par les Allemands dans le village où il se cachait. Son corps a été traîné pour impressionner les villageois et les dissuader de se rebeller. Il a été abandonné près de la fontaine, non loin de la ferme familiale. Léon et sa mère sont allés le récupérer lorsque les soldats sont partis. Il est enterré à Ahetze avec ses parents. J'irai sur leur tombe porter des fleurs…

Meguy entendait sa grand-mère renifler à l'autre bout de la ligne.

— Par la suite, la ferme a été réquisitionnée par les Allemands. Henri et Léontine, les parents de Victoria, se sont installés dans un autre village, à Saint-Pée-Sur-Nivelle où Henri a repris son premier métier, celui de cordonnier. Léontine a appris à coudre pour gagner un peu d'argent. À la fin de la guerre, ils ont récupéré leur ferme, du moins ce qu'il en restait. Ils ont vendu le terrain et les ruines et avec l'aide de Victoria ont acheté une maison dans le village. Quant à Léon, il a épousé une Basque espagnole avec laquelle il a eu quatre enfants : Henri, l'aîné, décédé très jeune d'un accident de moto, Jeanette toujours de ce monde, Marguerite, dite Maguy, et Dominique, décédée vers la trentaine d'une longue maladie. Maguy espère te voir et te raconter l'histoire de sa famille !

Hélène était émue par le récit de Meguy. Elle avait le sentiment de revivre son enfance. Elle lui promit de la rejoindre dans quelque temps et d'aller rendre visite à cette famille tant désirée et fantasmée. Meguy prit enfin congé de sa grand-mère, réjouie de lui avoir fait ce magnifique cadeau.

Chapitre 6

Ce soir-là on s'est embrassés sans se parler.
Autour de nous, le monde aurait pu s'écrouler.
Les yeux cernés, des poussières dans les cheveux.
Au long de mes jambes la caresse du feu
Pendant que les champs brûlent
J'attends que mes larmes viennent…

Pendant que les champs brûlent, Niagara

— Il faut fêter ça ! avait lancé Bixente.

Pour l'occasion, Meguy l'invita un soir de semaine sur la terrasse des Baigneuses, à Biarritz, à deux pas du Rocher de la Vierge. L'endroit était bondé mais ils eurent la chance d'accéder à une table légèrement en retrait, face à l'océan.

— Où sont les autres ? demanda spontanément Bixente.

Meguy rougit légèrement,

— Je n'ai invité personne d'autre…

Bixente plongea son regard dans le sien et Meguy se sentit intimidée par l'intensité du moment. Elle crut bon de rajouter :

— Je n'ai raconté l'histoire de mon arrière-grand-mère à personne d'autre… J'ai préféré marquer cette nouvelle étape de ma vie, avec toi, « mon confident ».

— Ah, c'est donc ça…

Meguy se mordit la lèvre inférieure, se flagellant mentalement. Ce fut le serveur qui coupa court au malaise naissant en venant prendre la commande.

Bixente choisit une bière et Meguy préféra un verre de Bordeaux, le tout accompagné de *tapas*, de charcuterie basque et de fromage de brebis à la confiture de cerises noires.

— Je te l'accorde, le couplage est un délice !

Bixente souriait et ne semblait pas lui tenir grief du léger malentendu. Ils apprirent à faire plus ample connaissance. Bixente questionna Meguy sur les raisons de sa rupture avec Brian. Elle lui raconta sans retenue la fin de leur histoire et le choix de son éloignement. Tout en l'informant, elle s'aperçut qu'elle ne souffrait plus et que cette relation lui paraissait bien lointaine, alors que la séparation ne remontait qu'à quelques semaines seulement. Elle se permit de le questionner à son tour sur sa vie sentimentale. Il lui répondit le plus sincèrement possible, insistant sur le fait qu'il y avait fort longtemps qu'il n'était pas tombé amoureux. Ses derniers sentiments remontaient à son adolescence. Aussitôt Meguy, pensa à Gaby mais Bixente, perspicace, laissa échapper volontairement le prénom d'une certaine Eztitxu qui avait quitté la région pour poursuivre des études de droit à Lyon. Elle lui avait proposé de la rejoindre mais il n'avait pas pu se résoudre à abandonner sa famille, ses amis, l'océan et la côte basque. Il était resté dans l'incompréhension… Pourquoi avait-elle décidé de s'éloigner de tout ce qu'ils affectionnaient pour découvrir un autre monde ? Son raisonnement était simple, ils ne s'aimaient certainement pas assez, sans quoi ils seraient encore ensemble.

Meguy lui confia qu'elle l'enviait d'être aussi attaché à sa famille et à sa région. Elle lui résuma sa relation avec ses parents, qu'elle définissait comme étouffante. Quoi qu'elle fasse, quoi qu'elle dise, elle avait toujours raison, jamais un mot plus haut que l'autre. C'était linéaire, sans éclats de voix. Ses frères ne l'appréciaient pas beaucoup et la seule personne qu'elle aimait aveuglément était sa grand-mère, dont l'absence lui était inconfortable. De même, Bixente chérissait sa grand-mère, qui cependant, manquait d'un peu de douceur ; mais il l'avait toujours connue ainsi, dirigeant la famille avec l'autorité d'un officier militaire.

Meguy eut envie d'achever la soirée par une note sucrée, aussi Bixente lui proposa de se rendre au salon de thé Miremont pour savourer une part de gâteau basque. Ils quittèrent le café et longèrent le bord de mer jusqu'aux marches qui les conduisirent à la célèbre place Bellevue surplombant La Grande Plage. Tout en dégustant leurs pâtisseries, ils admirèrent le superbe panorama.

Bixente attrapa la main de Meguy et lui fit dévaler les marches jusqu'à La Grande Plage. Là, il l'entraîna dans une course sur le sable humide jusqu'à l'Hôtel du Palais pour se laisser tomber sur la plage, essoufflés en riant aux éclats. Bixente se ressaisit le premier. Il se leva et tendit la main à Meguy. Elle la saisit et emportée par son élan, se retrouva contre lui. Il la tint prisonnière entre ses bras. Sous la clarté de la lune et le bruit des vagues, Bixente se pencha vers Meguy et posa sa bouche sur la sienne. Ses lèvres étaient douces et dures à la fois, Meguy sentit un frisson l'envahir et se propager tout le long de sa colonne vertébrale, jusqu'à sa nuque. Elle fut guidée par la sensualité de son baiser et répondit langoureusement à ses caresses. Le moment fut tendre et Bixente resserra son étreinte dans le creux de son dos. Meguy sentait la chaleur de ses doigts, au travers du tissu de son chemisier. Bixente relâcha son étreinte et la repoussa gentiment. Leurs yeux brillaient mais ils restèrent silencieux.

Bixente saisit à nouveau la main de Meguy et la reconduisit sur la terre ferme.

Meguy ouvrit la bouche :

— Bixente…

— Chut ! lui dit-il.

Au niveau du Rocher de la Vierge, Bixente l'embrassa à nouveau. Son baiser était moins tendre, plus viril, plus charnel. Meguy répondit à cette bouche qui la cherchait. Elle se sentait bien dans ses bras, leurs corps parlaient à leur place. Ils se lâchèrent et se regardèrent avec complicité, avant de reprendre leur balade. Puis, il la raccompagna à son véhicule, garé tout près des Baigneuses et déposa un dernier baiser sur ses lèvres avant de prendre congé.

Meguy rentra aux *Persiennes bleues*, bouleversée par le moment qu'elle venait de vivre. *Que devait-elle en penser ? Qu'est-ce que ce rapprochement représentait pour lui ? Elle n'était ni excitée ni dubitative, néanmoins pensive. Comment devait-elle vivre cette relation ? Elle n'avait pas d'amie à qui se confier… Sa mère ? Il n'en était pas question. Seule, sa grand-mère pourrait comprendre, mais l'écart générationnel l'empêchait de lui en parler. Elle se dit qu'elle n'avait plus qu'à attendre… Attendre quoi ?* Que désirait réellement Meguy ?

Cette nuit-là, elle rêva de Bixente irrité, lui jetant un regard noir. Peio apparut par la suite, dans une attitude triste et profondément affectée. Dans le rêve, Brian la jugeait, en lui susurrant d'un ton méprisant qu'elle manquait terriblement d'ambition, puis tout s'embrouilla…

À son réveil, l'agitation de la nuit passée n'entrava pas sa bonne humeur, elle se remémora la soirée de la veille et fut enthousiaste à l'idée de vivre une nouvelle journée et d'échanger avec Bixente sur leur rapprochement récent. Elle repensa à ses baisers ardents, à sa chaleur et sa douceur qui contrastait avec sa forte personnalité distante et déroutante. *Son cœur s'emballait peut-être un peu trop vite, pensa-t-elle. Elle ne pouvait cependant pas se cacher plus longtemps l'attirance qu'il exerçait sur elle. Tout en lui, lui plaisait, mis à part peut-être, son côté froid et autoritaire à certains égards…*

Au fil de la journée, son enthousiasme s'effilocha en raison du silence de Bixente. Elle passa en quelques secondes dans différents états : déception, espoir, colère, mélancolie, angoisse, tout en se maudissant de se comporter comme une adolescente fleur bleue. Le soir, elle se coucha amère et se réveilla au petit matin, regonflée d'optimisme qui dégringola à nouveau par l'indifférence du jeune homme.

Cela faisait trois longues journées qu'elle n'avait pas eu de ses nouvelles et elle s'était fait la promesse de ne pas décrocher son téléphone, s'il lui venait l'envie de la joindre… Elle ne reçut que la visite de Peio, qui l'invita à aller surfer. Elle n'avait jamais mis les pieds sur une planche et l'adorable jeune homme, se fit un plaisir de lui offrir son premier cours particulier. Elle fut enchantée de sa proposition, se disant que ça ne lui ferait pas de mal de sortir et de se changer les idées.

— Mais, je n'ai pas de combinaison ni de matériel…

— T'inquiète, je vais te fournir le nécessaire dont tu auras besoin et tu prendras une combi qui a appartenu à Bixente, lorsqu'il était ado !

Meguy éclata de rire, sacré Peio, pensa-t-elle, toujours à railler son frère… Elle monta dans sa chambre, enfiler un maillot de bain et le suivit jusqu'à son Van's. Il conduisit jusqu'à la plage de Bidart, en sifflotant un air des *Rolling Stones* qui était diffusé à la radio. Ils roulaient les fenêtres grandes ouvertes, les cheveux au vent dans une ambiance désinvolte. Peio avait cette faculté de rendre chaque instant harmonieux. Il était un compagnon fort agréable, toujours de bonne humeur, attachant et fort séduisant. *Il aurait été si simple d'être attirée par lui*, pensa Meguy. Elle s'en voulait de penser sans cesse à Bixente, alors que son comportement était détaché. *Elle n'était pour lui qu'une amourette, un trophée de plus à son tableau de chasse.* Elle en était là de ses constatations, lorsque Peio la sortit de ses pensées en la conduisant sur la plage. Meguy enfila la vieille combinaison et Peio fit de même. Lorsqu'il fut prêt, il s'approcha d'elle et lui tartina le nez et les pommettes de crème solaire. Il l'entraîna jusqu'à l'océan, sa planche sous le bras en lui expliquant qu'ils partageraient la même *board*. L'eau à mi-taille, il s'assit sur la planche et invita Meguy à se mettre dans la même position, assise devant lui. Quand elle fut installée, ils plaquèrent leurs bustes et pagayèrent avec leurs bras, au milieu des vagues en essayant d'être synchronisés. Meguy criait et riait à la fois. Peio était amusé de la voir de la sorte. Il lui donna son premier cours, en lui expliquant comment tenir debout sur la planche et garder l'équilibre. Meguy se renversa à nombreuses reprises et chaque fois, les bras puissants de Peio la repêchèrent. Elle fut une bonne élève, attentive et docile, souhaitant mettre à exécution tous les conseils de son instructeur.

Fatigués de leur prouesse, ils se jetèrent sur leurs serviettes, pour se dorer au soleil. Meguy s'endormit légèrement et ce fut le son de la voix de Peio s'adressant à quelqu'un en basque qui la réveilla. Elle ouvrit les yeux sur Bixente, chargé de sa planche sous le bras, s'approchant d'eux. Sa combinaison n'était passée que jusqu'à la taille, Meguy découvrit son torse musclé, hâlé par le soleil. Elle détourna le regard, troublée par ses pectoraux musclés et ses abdominaux apparents. Il la salua avec naturel. Agacée, elle lui répondit en haussant les épaules. Il ne releva pas son geste et partit se jeter à l'eau. Elle ne put s'empêcher de le regarder surfer dans les vagues et ne faire plus qu'un avec les éléments. Peio, le rejoignit et à eux deux, ils exécutèrent un divertissant spectacle pour le plaisir des yeux de nombreux admirateurs, restés sur la plage.

Les pieds sur la terre ferme, Bixente informa Peio d'un problème survenu sur un chantier. Peio, lui répondit qu'il allait s'y rendre mais qu'il devait déposer Meguy aux *Persiennes bleues*, qui se trouvaient à l'opposé de sa destination. Aussi, Bixente proposa de raccompagner Meguy qui montrait des signes d'impatience. Peio interpréta la mauvaise humeur de la jeune femme pour de l'encouragement. Il lui fit un clin d'œil et une bise sur la joue en lui promettant de la retrouver plus tard. Bixente prit un air renfrogné mais Meguy ne fit rien pour mettre un terme à ce malentendu. Au départ de Peio, elle resta allongée, stoïque. Bixente rompit le silence en lui demandant si elle était prête à partir. Elle se leva d'un bond, alors qu'il était encore étendu sur le sable. Il se permit de la détailler. Son ascension partit de ses chevilles, pour remonter sur ses jambes, sa taille fine, ses épaules et s'arrêter sur sa poitrine musclée. Il admira les courbes parfaites de la jeune femme et ne cacha pas son attirance. Meguy fut gênée par son regard posé sur son corps à demi nu. Elle lui tourna les talons en mûrissant toujours des griefs contre lui.

— Mais enfin Meguy ! que se passe-t-il ? Tu ne m'as pas adressé la parole depuis que je suis arrivé.

— Il y a que, monsieur Bixente, vous êtes un goujat !

Bixente la regarda, l'air surpris.

— Peux-tu développer, je te prie ?

— Tu me fais ton numéro de charme… Et puis, plus rien… Pas de nouvelles… Je suis certaine que si nous ne nous étions pas croisés aujourd'hui, je n'en aurais pas eu non plus…

Bixente, embarrassé, passa la main dans ses cheveux…

— Meguy, je crevais d'envie de te téléphoner, de te voir, mais j'ai pensé à Peio…

— Peio ? demanda Meguy, incrédule.

— Je vois bien que mon frère est attiré par toi…

— Et alors ! Il s'en remettra… Il n'a que l'embarras du choix !

— Cette fois, c'est différent ! Je pense qu'il est amoureux…

— Je ne l'ai pas encouragé en ce sens…

— Si je n'étais pas là, Meguy, irais-tu vers mon frère ? Je vous ai observés, tous les deux. Vous vous entendez bien. Vous formeriez un joli couple…

Meguy se mordit la lèvre inférieure, sa mimique fit sourire Bixente.

— Je ne sais pas, Bixente… Ce dont je suis certaine, c'est que tu es là et que c'est toi que j'ai embrassé et personne d'autre.

Bixente la regarda intensément et pour toute réponse, lui confia qu'il souhaitait être discret pour éviter de faire souffrir Peio. Meguy acquiesça et le suivit jusqu'à sa voiture.

De la plage du centre, il la conduisit jusqu'à sa maison, qui se trouvait en contrebas, le long de la falaise. Il lui proposa de prendre une douche. Elle n'avait pas de tenue de rechange et ses vêtements se résumaient à un short et un maillot de bain. Bixente sentit son malaise et lui tendit un tee-shirt lui appartenant. Elle le saisit et se rendit à la salle de bains. Quelques instants plus tard, elle le rejoignit, dans le tee-shirt blanc trop large pour elle qu'elle avait soigneusement noué au niveau de sa taille. Bixente alla prendre une douche à son tour et durant ce temps, elle en profita pour examiner la pièce où il l'avait laissée. Un vieux Chesterfield trônait contre un mur et deux fauteuils en cuir à l'aspect moelleux et confortable entouraient le canapé. Une table de salon en bois brut, certainement fabriquée par un artisan du coin, remplissait l'espace. Y étaient étalées des revues techniques de surf et de voyage, ainsi qu'une télécommande qui faisait fonctionner l'immense écran plat, plaqué sur le mur d'en face. Une spacieuse bibliothèque aux livres anciens aménageait l'autre versant de la pièce accolée aux larges baies vitrées qui donnaient sur l'océan. Dans le fond, une cuisine moderne complétait l'espace. L'ambiance était dans les tons taupe et beige et sur les murs étaient suspendus une planche de surf vintage ainsi qu'un méli-mélo de photos disposées sur un cadre à cet effet. Meguy s'approcha et regarda les clichés. Elle aperçut Bixente et Peio tenant la pose en pratiquant leur sport favori, Peio faisant des grimaces, de superbes couchers de soleil et un couple de personnes plus âgées, *probablement ses parents,* pensa-t-elle. Elle poursuivit sa découverte et son regard fut attiré par Bixente adolescent, qu'elle trouva, par ailleurs, fort séduisant. Une autre photo l'interpella. Trois enfants se tenaient par les épaules, elle reconnut Bixente, Peio et une petite fille qui n'était autre que Gaby. À sa vue, Meguy fit une grimace.

— Tu admires mes œuvres d'art, lança Bixente amusé.

Meguy se tourna vers lui.

— Certaines sont plutôt pas mal ! D'autres sont très expressives !

Elle émit un petit rire. Bixente se joignit à elle. Il lui prit la main et la dirigea vers la porte-fenêtre pour lui faire traverser le jardin et s'approcher du bord de la falaise. Le spectacle était saisissant. Le soleil se couchait. L'astre s'apparentait à une boule de feu projetant ses rayonnements pourpres sur un océan calme et paisible. Bixente s'assit et invita Meguy à se placer entre ses jambes et appuyer son dos contre son torse. Il l'entoura de ses bras et ensemble contemplèrent le soleil s'évanouir derrière la ligne d'horizon. Le temps était suspendu. Meguy osait à peine respirer, de peur de rompre cet instant de quiétude. Bixente frôla ses cheveux d'un tendre baiser. Il finit par se relever et dès que Meguy fut à sa hauteur, il l'attira à lui, se pencha vers elle et posa sa bouche sur la sienne. Ses lèvres chaudes la séduisirent. Elle prit plaisir à sentir sa langue se frotter à la sienne. Elle aurait souhaité que ce moment durât une éternité. Il la tenait par la taille, serrée contre ses pectoraux. Meguy avait passé ses mains autour de sa nuque et caressait ses cheveux. Bixente mit un terme à son baiser en l'embrassant dans le cou et en s'imprégnant de son odeur. Les lèvres de Bixente sur sa nuque parcoururent Meguy de frissons. Elle s'abandonna à son étreinte et quand il la relâcha, elle le fixa profondément, les pupilles dilatées, le souffle court. Bixente s'écarta légèrement, troublé par leur intimité et la beauté sauvage de Meguy.

— Je dois te raccompagner chez Louise. Peio m'attend pour une partie de pelote. Je ne souhaite pas qu'il débarque à l'improviste.

— Comme tu voudras, répondit Meguy, sur un ton empreint d'une légère déception.

Dans la voiture, sur le chemin les conduisant à la chambre d'hôtes, ils n'échangèrent que quelques mots dénués d'importance, chacun plongé dans des pensées intimes. En franchissant les grilles, Bixente parut enfin détendu. Il se tourna vers Meguy et frôla ses lèvres d'un doux baiser. Meguy ferma les yeux et apprécia sa délicatesse.

— Tu peux garder le tee-shirt, il te va à la perfection ! Fais de beaux rêves, lui lança-t-il accompagné d'un clin d'œil.

Meguy répondit à son sourire et en sortant, claqua la portière un peu trop bruyamment. *Avait-elle rêvé, ou avait-elle réellement vu les rideaux de la fenêtre de la maison d'en face bouger ? Quelqu'un les avait-il surpris ? Était-ce la grand-mère de Bixente ?*

Elle entendit la voiture du jeune homme s'éloigner et se retint de se retourner. Elle rentra gaiement chez Louise.

Meguy se rendit, comme convenu, à l'invitation de sa parente. Pour l'occasion, elle se vêtit d'une robe portefeuille en soie, dans des tons bleu-gris, ornée de roses de couleur pastel et d'oiseaux multicolores. Elle portait des espadrilles aux talons compensés pour rendre sa tenue plus décontractée. Elle choisit de lâcher ses cheveux et les laissa se placer à leur guise. Elle avait commandé un énorme bouquet chez un fleuriste de St-Jean-de-luz en privilégiant les fleurs préférées de sa grand-mère, des pivoines, des roses poudrées et au centre un camélia blanc du japon. Elle se sentait nerveuse à l'idée de rencontrer autant de personnes dans le même laps de temps.

Le dîner champêtre était servi dans l'étendu jardin, sur de grandes tables couvertes de nappes en lin blanc, protégées du soleil par de vieux marronniers, des chênes et des noyers qui déployaient leur envergure en guise de parasols. Des bancs et des chaises de jardin entouraient les tables et le vieux service de mariage était égayé par de petits bouquets de chèvrefeuille frais cueillis au petit matin.

Lorsque Meguy pénétra dans la propriété, Tania, accompagnée de ses confrères vint l'accueillir en aboyant. Dès qu'elle sortit de son véhicule, la gentille chienne lui lécha le bas des jambes et plaça son museau humide dans sa main. Les autres chiens se calmèrent et retournèrent, indifférents, gambader dans le jardin.

Attirée par le bruit, Maguy sortit de sa cuisine, un tablier noué autour de la taille. Elle vint à sa rencontre et Meguy la salua chaleureusement en lui tendant son bouquet de fleurs.

— Merci beaucoup mais il ne fallait pas… Je suis contente que tu sois venue. Suis-moi, je vais te présenter la famille.

Tous étaient présents et en franchissant le pas de la porte, Meguy aperçut du monde dans les différentes pièces de la maison. Chacun était afféré à une tâche bien précise. Meguy donna un nombre incalculable de bises à des personnes qui faisaient partie de près ou de loin à la famille de Maguy. Elle ne retint pas tous les prénoms et s'embrouilla entre les enfants, petits-enfants et enfants de Jeanette qui était à peine plus âgée que Maguy et qui ressemblait à une petite fille du XIXe siècle avec ses barrettes dans les cheveux, sa jupe plissée et son chemisier à volants. Elle embrassa Meguy chaleureusement et s'enquit de prendre de ses nouvelles. Était-elle bien logée aux *Persiennes bleues* ? Se plaisait-elle au Pays basque ? Elle la questionna aussitôt sur Hélène et souhaita tout connaître sur sa vie en Angleterre. Meguy fit de son mieux pour résumer en quelques phrases le destin de sa grand-mère et de sa famille. Nombreux s'étaient approchés autour de la table de cuisine, intrigués par l'entrée subite de cette cousine lointaine dans le clan familial. Tout le monde parlait en même temps, créant une cacophonie qui fit éclater Meguy de rire. Elle se cacha les oreilles avec ses deux mains et Maguy prit les devants en entraînant son petit monde à l'extérieur et en demandant à son fils aîné, Mikel de servir l'apéritif. Meguy ne s'ennuya pas un instant, elle fut entourée tout au long de la journée et chacun échangea avec elle dans la joie et la bonne humeur. Elle se sentit rapidement à son aise dans cette ambiance chaleureuse et bienveillante et se promit de raconter dans les moindres détails ce rassemblement familial à sa grand-mère.

La journée passa bon train, elle goûta avec délice à des plats traditionnels et fut alléchée par l'*Axoa* et l'incontournable fromage de brebis à la confiture de cerise noire. Le repas prit fin sur du gâteau basque et Meguy ne put s'empêcher de penser à Bixente.

Quelle ne fut pas sa surprise, de recevoir un message de sa part lui demandant si tout se passait bien et s'il pouvait venir la chercher. Elle accepta de bonne grâce et fut satisfaite qu'il vienne la libérer. Elle se sentait fatiguée et ne savait pas comment faire pour quitter ses parents si prévenants. Elle annonça son départ à Maguy et Jeanette, qui se lancèrent des regards de connivence et lui prédirent qu'elle ne quitterait peut-être jamais le Pays basque ! Meguy rougit à cette remarque, ce qui fit rire toute l'assemblée. Quand Bixente arriva devant la maison de Maguy, au volant de sa voiture, des lunettes noires sur le nez, certains se mirent à chantonner une vieille romance. Meguy les quitta en les remerciant pour cette merveilleuse journée tout en leur promettant de leur rendre visite prochainement. Elle salua Bixente quelques secondes, avant de monter dans sa voiture et le suivre vers une destination inconnue.

Elle rangea sa voiture derrière celle de Bixente, dans une ruelle d'Espelette, et fut ravie de partager avec lui le résumé de sa cousinade. Il la prit par les épaules et lui fit visiter le petit village réputé pour son piment et ses charmantes maisons Basques. Il souhaitait lui faire découvrir les succulents chocolats du célèbre Antton, mais Meguy ne pouvait plus rien avaler. Bixente lui offrit un ballotin qu'elle ne manquerait pas d'ouvrir à l'éveil de ses papilles… Il était détendu et de bonne humeur. Étant peu probable qu'il rencontrât quelqu'un de sa connaissance, il se laissa aller en public à un rapprochement avec Meguy. Ils s'installèrent à la terrasse d'un café où Bixente écouta Meguy lui relater sa journée. Elle ne tarissait pas d'éloges sur ses cousins, inconnus la veille encore. Bixente lui fit la même réplique que Maguy et Jeanette.

— Tu ne pourras plus quitter le Pays basque, Meguy ! D'autant plus que tu n'as pas encore découvert nos randonnées en montagne !

Meguy répondit à la boutade de Bixente par un sourire.

Chapitre 7

Every single day (Chaque jour unique)
And every word you say (Et chaque mot que tu prononces)
Every game you play (Chaque jeu que tu joues)
Every night you stay (chaque nuit que tu restes)
I'll be watching you (Je te regarderai)
Oh can't you see (Oh, ne vois-tu pas ?)
You belong to me (Que tu m'appartiens ?)

Every breath you take, The Police

Bixente attendait Meguy patiemment. Il ouvrit la porte de son garage et lui fit signe de se garer. Les manœuvres achevées, Maguy descendit de sa voiture et Bixente l'accueillit avec un regard admiratif. Il l'avait invitée chez un chef étoilé et pour lui faire honneur, elle avait décidé de porter une robe noire tombant jusqu'aux genoux, au dos nu et au décolleté plongeant. Elle avait chaussé des sandales noires à talons hauts et pour simple bijou, avait entouré son poignet d'un large bracelet en or blanc que lui avait offert sa grand-mère, pour célébrer la fin de ses études. Un peu de poudre à paupières irisée et un parfum envoûtant aux notes poivrées complétaient sa tenue. Devant l'air approbateur de Bixente, elle tournoya devant lui, en chantonnant. Il la prit par la main et l'accompagna à l'intérieur de la maison.

— Personne ne verra ta voiture, c'est mieux ainsi… Veux-tu boire quelque chose ?

— Je préfère me réserver pour le restaurant. Merci.

— Je vais me changer et te rejoins dans la foulée, fais comme chez toi… Tu trouveras des livres dans ta langue maternelle, sur les étagères de la bibliothèque.

Meguy hocha la tête et Bixente disparut à l'étage. Elle fut surprise de trouver *Les Hauts de Hurlevent* en version originale. Elle prit l'ouvrage et l'ouvrit. Sur la première page, les initiales *V.H.H.V* étaient écrites au stylo plume. Meguy lut un passage et s'imprégna de l'odeur du vieux papier. C'était son roman préféré et ce fut la première fois, en dehors de la collection de sa grand-mère, qu'elle le vit relié.

Bixente descendit les escaliers, les effluves de son eau de toilette vinrent chatouiller les narines de la jeune femme. Elle le trouva très attirant dans sa chemisette blanche et sa veste de costume bleu marine qu'il portait sur un jean bien coupé et des Weston en cuir. Il s'approcha d'elle. Meguy se sentit troublée par sa présence toute proche. Il lui caressa les doigts et le livre qu'elle tenait à la main.

— C'est mon préféré, lui confia-t-il

— *Really* ? Ma grand-mère possède la même édition !

— C'est étonnant, je n'en ai jamais vu de semblable. Je l'ai trouvé dans les malles de ma grand-mère, abandonnées dans le grenier de mes parents.

— C'est qui V.H.H.V ?

— Aucune idée ! Il faut nous dépêcher, si nous ne voulons pas arriver en retard ! J'ai réservé pour vingt heures.

Meguy rangea soigneusement le tome à sa place.

— Je suis prête !

— Je t'emmène découvrir une belle table du Pays basque. Le chef revisite des plats traditionnels avec inventivité. Le lieu est à la campagne avec vue sur la Rhune. Cédric et moi sommes amis de longue date. Nous jouons ensemble à la pelote. Quant à sa femme, Marion, elle est absolument charmante…

— *Ready* ! répondit-elle en le suivant jusqu'à sa voiture.

Ils roulèrent paisiblement sur la vieille route de Saint-Pée-sur-Nivelle, jusqu'à l'Auberge Basque, où une jolie jeune femme blonde aux yeux bleus vint les accueillir.

Bixente fit les présentations.

— Je te présente Marion, l'épouse du chef !

Elle lui sourit avec simplicité.

— Marion, voici mon amie, Meguy. Elle est Anglaise. Je lui ai affirmé qu'elle ne pouvait pas découvrir le Pays basque sans avoir dîné à l'Auberge Basque !

Marion sourit et fut ravie du compliment de Bixente. Le repas débuta par une coupe de champagne que Meguy dégusta en prenant son temps. Elle adorait le champagne et n'avait l'habitude d'en boire que lors de ses voyages en France. Elle aimait sa couleur dorée et la multitude de petites bulles qui remontaient à la surface pour former une masse onctueuse et exquise. La boisson détendit Meguy et délia sa langue. Elle fut d'humeur joyeuse et taquina Bixente sur ses relations amoureuses et son rapport au sexe féminin. Elle usa de son charme et lui, la contemplait, séduit de la voir d'humeur si gaie et si enthousiaste. Ses yeux brillaient de contentement en la regardant se jeter sur les plats et les goûter avec gloutonnerie. Il rit à chacune de ses remarques. Meguy le trouva fort enjoué. Elle était aux anges, Bixente n'avait d'yeux que pour elle et ils passaient une agréable soirée, dans un lieu romantique, éclairés à la bougie, où les mets étaient plus succulents les uns que les autres. À la fin du repas, le chef vint les saluer. Il plaisanta avec Bixente et resta sur la réserve avec Meguy. Mais, à leur départ, il tendit un petit paquet à Bixente à l'intention de Meguy qui fut enchantée de découvrir une part de gâteau basque revisité *made in Cédric Béchade*. Elle le remercia chaleureusement et lui promit d'y faire rapidement honneur. Marion vint les saluer et embrassa Meguy en lui disant qu'elle espérait la revoir très vite.

— Tu as entendu, ce que Marion a dit à ton amie ? demanda Cédric à Bixente en lui tapant familièrement sur l'épaule.

Bixente sourit, ne répondit pas et prit congé du couple avec courtoisie.

Lorsque Bixente se gara devant sa maison, Meguy le suivit pour se rendre à sa voiture mais le jeune homme lui proposa de boire un dernier verre, qu'elle accepta bien volontiers. Elle ne souhaitait pas que cette soirée magique s'achève si rapidement et voulut prolonger cet instant privilégié le plus longtemps possible. Il lui tendit un verre de liqueur à la menthe et en récupérant le verre, Meguy frôla ses doigts. Ce simple contact fit frissonner Bixente. Elle but quelques gorgées du liquide qui la rafraîchit et la maintint dans un léger état d'ébriété. Elle posa le verre sur la table du salon, se tourna vers Bixente qui ne se tenait plus qu'à quelques centimètres d'elle. Elle ne put réprimer l'envie irrésistible de le toucher, de le sentir contre elle. L'alcool aidant, elle parcourut les derniers espaces les séparant et posa ses lèvres douces sur les siennes. Son baiser fut tendre, Bixente l'accueillit avec délicatesse et répondit lentement à son étreinte. Il prit son visage entre ses mains et goûta à sa bouche chaude et suave. Son baiser devint plus passionné. Meguy enleva les mains de Bixente de son visage et déboutonna peu à peu les boutons de sa chemise, dévoilant son torse bronzé et musclé. Elle ôta le vêtement et caressa ses pectoraux. Bixente saisit sa main dans la sienne et stoppa ses caresses. Il plongea son regard dans le sien et lui demanda :

— Es-tu certaine, Meguy ?

— Oui, je le veux, lui répondit-elle, les yeux brillants de désir.

Bixente la ramena contre lui et défit le nœud de la robe noué à sa nuque. Le tissu glissa au sol et dévoila le corps de la jeune femme à demi nu. Les mains de Bixente caressaient son dos, sa bouche courait le long de son cou, de sa nuque et embrasait les sens de Meguy. Elle murmura son prénom. Bixente la repoussa légèrement et lui tint la main. Il l'invita à le suivre.

— Viens !

Tout en tenant sa main, elle ôta ses talons et le suivit dans les escaliers conduisant à l'étage. Leur désir était intense. Avant de pénétrer dans la chambre, Bixente plaqua Meguy contre le mur et prit à nouveau possession de ses lèvres. Il couvrit son corps de baisers sensuels qui exacerbèrent le désir de la jeune femme. Elle répondit avec avidité à son appel et l'aida à ôter son pantalon. Ils entrèrent dans la chambre où seule la clarté de la lune illuminait la pièce. Bixente allongea Meguy sur le lit et la rejoignit, pour poursuivre son étreinte. Leurs corps se cherchaient, leurs mains, leurs bouches, leurs odeurs se mélangeaient. Bixente fut un amant attentif et expérimenté. Son étreinte combla Meguy de plaisir. Ils s'aimèrent intensément dans cette nuit chaude du mois de juillet où leurs corps s'étaient reconnus et leur extase les avait rendus heureux et apaisés.

— Meguy, que c'est bon d'être avec toi…

— Merci Bixente, pour cette merveilleuse soirée. J'espère qu'il y en aura de nombreuses autres…

— Oui, de nombreuses. Je l'espère aussi.

Il l'embrassa tendrement et la serra contre lui.

Meguy dormit la nuit entière chez son amant mais à son réveil le lendemain matin, il n'était plus à ses côtés. Elle descendit les escaliers, trouva un plateau contenant le petit-déjeuner et une jolie fleur du jardin déposée délicatement. Elle n'avait qu'à faire chauffer l'eau pour infuser le thé. Elle fut sensible à cette marque d'attention et tout en se restaurant, se remémora sa soirée de la veille. Elle resta un long moment, rêveuse puis se décida à s'activer. Elle se doucha, s'habilla et quitta la maison en écrivant un dernier petit mot de remerciement.

Elle entra aux *Persiennes bleues,* toujours vêtue de sa tenue de la veille. Louise et les autres locataires la saluèrent et n'émirent aucun commentaire. Ce fut, au moment où elle grimpa l'escalier qu'elle aperçut le sourire de contentement de Louise.

Meguy rejoignait chaque soir Bixente dans sa maison. Ils apprenaient à se connaître et découvraient les jeux de l'amour et l'exaltation des premiers ébats amoureux. Leur relation restait discrète et ce secret pimentait et apportait une légère excitation à leur histoire. Ils cachaient facilement leur relation, même si par moments, ils ne pouvaient résister à l'envie de se toucher.

Lors d'une soirée, chez Antoine, Meguy frôla le bras de Bixente en servant le groupe d'amis. Elle sursauta et renversa le verre sur le comptoir. Bixente la regarda et sourit de ses dents blanches. Meguy s'empourpra et entendit un garçon de la bande s'exclamer :

— Tu as vu l'effet que tu fais à Meguy, Bixente !

Peio regarda furtivement en leur direction mais ne décela rien de dangereux pour lui. Il reprit sa conversation avec ses amis. Bixente fit un clin d'œil complice à Meguy. Geste qui n'échappa pas à Antoine…

C'était l'année de la coupe du monde de football. Cela faisait vingt ans que la France avait gagné son unique trophée et tous les médias repassaient l'évènement en boucle, espérant et bénissant le ciel et les dieux que les Bleus remportent cette ultime victoire. Le Pays basque, terre de rugby, ne fut pas, lui non plus, épargné par cet engouement national. Le sélectionneur Didier Deschamps, enfant du pays contribua à cet élan enthousiaste et positif qui prit davantage d'ampleur après la victoire des Bleus contre l'équipe mythique d'Argentine. Cette victoire les conduisit en quart de finale contre l'Uruguay. L'ambiance dans les cafés était à son comble et Antoine organisa des soirées avec retransmission en direct des matchs. Meguy suivit la coupe du monde avec ses amis français, si bien que lorsque l'Angleterre perdit contre la Croatie, elle ne fut que très légèrement affectée. Son cœur battait pour la France.

Les Bleus, cet assemblage de jeunes joueurs, sélectionnés par Deschamps bravaient tous les combats et dans les cœurs des Français, l'espoir de voir la coupe revenir sur le territoire national faisait naître une volonté et un optimisme presque surnaturels.

La France bâtit la valeureuse équipe belge en demi-finale et tout le monde se mit à vivre au rythme de la coupe du monde. Quand la finale France-Croatie se présenta enfin, Meguy fut invitée par Bixente à se joindre à son groupe d'amis pour regarder le match sur écran géant, au centre de la place du village de Bidart.

Ce quinze juillet était une journée chaude, la place était bondée de monde, la plupart portaient les couleurs du drapeau Français, soit dans leurs vêtements, soit avec des perruques ou des chapeaux tricolores ou encore, avec du maquillage. L'écran était suspendu sur la façade de la mairie et deux buvettes complétaient les deux cafés de la place du village. Au son de l'hymne national, la place s'embrasa. Les supporters reprirent en cœur les paroles de la *Marseillaise*, créant une communion nationale pour accompagner leur équipe dans son ultime épreuve, qui l'emmènerait si possible au Graal. Le match fut rude, les Bleus se surpassèrent et sous les yeux larmoyants et les cœurs endiablés de toute une nation, ils réussirent l'impossible ! La France était championne du Monde ! Les gens criaient, sautaient, chantaient, s'embrassaient. Tout le monde était heureux. Cette victoire des bleus était devenue la victoire d'un peuple uni au-delà du football, au-delà de la compétition. La fierté d'être Français, champions du monde renvoyait des énergies d'amour, de fête et de partage. Bixente sautait de joie. Il attrapa Meguy par la main et l'entraîna jusqu'à la vielle *Jeep* américaine de son père qu'il avait sortie pour l'occasion. Avant de l'aider à grimper sur le siège, il l'embrassa fougueusement, s'assurant qu'aucun de ses amis n'était présent. Il klaxonna en traversant le village pendant que Meguy agitait le drapeau français. Ils récupérèrent au passage Peio, Pantxo et Gaby et roulèrent dans cette euphorie jusqu'au café d'Antoine.

L'ambiance était à son comble, Antoine était torse nu, au centre de la pièce, le visage peint en bleu, blanc, rouge et chantant à tue-tête « *We are the champions* » des *Queen*. Tout le monde dans les cafés, les rues, buvait, chantait, dansait, fêtait la victoire des Bleus comme sa propre victoire, faisant écho à celle de 1998. Meguy but plus que de raison et la tête commença à lui tourner. Elle sortit prendre l'air. Bixente s'étant aperçu de son état, la rejoignit rapidement et l'accompagna faire quelques pas sur la jetée. Il la força à manger des *tapas* que les cafés aux alentours offraient gracieusement. Remise sur pied, ils prirent le chemin en sens inverse, sous les pétards, les feux d'artifice improvisés, les cris et les chants de la foule. Le jeune homme l'entraîna sous une porte cochère et n'y tenant plus, l'embrassa fougueusement. Le baiser fut ardent, passionné. Bixente serrait Meguy contre lui. Elle lui rendit son baiser avec la même passion.

— J'aimerais que cette nuit dure toute la vie, lança-t-il.

— Moi aussi… Je voudrais rester dans tes bras, encore et encore, sans être obligée de me cacher, de nous cacher…

— Tout viendra en temps et en heure. Il faut encore attendre…

— Attendre quoi ? demanda Meguy en plongea ses grands yeux verts dans les yeux sombres de Bixente.

— Que Peio ne soit plus amoureux de toi !

— Et s'il était à ta place ? Que ferait-il à ton avis ?

— Je ne sais pas, répondit Bixente. Je suis l'aîné, je dois le protéger.

Bixente l'éloigna et reprit son chemin jusque chez Antoine.

En franchissant le seuil d'entrée, une paire d'yeux se tourna vers eux.

— Mais où étiez-vous passés ? demanda Peio, l'air mécontent en s'approchant du couple.

Gaby en profita pour rappliquer, elle se jeta au cou de Bixente et l'entraîna sur la piste de danse.

— Meguy était malade, je l'ai accompagnée prendre l'air, lança Bixente avant de suivre Gaby.

— Sacré Bixente ! Toujours à prendre soin de plus petit que lui ! renchérit Peio avec humour.

Il saisit Meguy par la taille et dans l'ambiance festive se pencha vers elle pour l'embrasser furtivement sur les lèvres. Meguy eut juste le temps de tourner la tête sous le regard courroucé de Bixente. Le baiser de Peio atterrit sur sa joue. Il ne montra pas sa déception et la prit par le bras pour l'entraîner à danser sur « *I will survive* » de Gloria Geynord, la chanson des héros qui passa en boucle tout au long de la nuit, accompagnée par un public euphorique fêtant dignement la victoire.

L'entreprise familiale Helagaray resta close le lundi, pour cause de « coupe du monde ». Aussi Meguy demeura la journée chez Bixente. Au début de l'après-midi, le couple se reposait, au calme dans la chambre à l'étage. Des gravillons lancés contre le mur réveillèrent Bixente qui se leva pour regarder au travers des volets entrouverts. Apercevant son frère, il secoua doucement Meguy en lui murmurant :

— Peio est en bas, ne bouge surtout pas. Je vais me débarrasser de lui au plus vite.

Meguy émergea de sa sieste. Même si cette situation l'incommodait, elle ne répondit pas. Au commencement de la relation, elle avait eu de l'empathie pour Peio, qu'elle adorait et il était bien la dernière personne à qui elle aurait voulu causer de la peine. Par certains côtés, elle avait trouvé excitant de se cacher, mais maintenant, elle n'aspirait qu'à une chose, étaler sa relation au grand jour. Elle souhaitait montrer à Gaby et aux autres femmes que Bixente était en couple… Et que pour l'instant, il n'était plus un cœur à prendre.

Bixente dévala les escaliers en caleçon, les cheveux en bataille. Il ouvrit la porte à Peio, qui pénétra dans la pièce, tout à son excitation.

— Dépêche-toi, les vagues sont gigantesques… Viens, on va surfer !

Bixente caressa ses cheveux, embarrassé et regarda à l'étage.

— Je ne peux pas, je te rejoins dans une petite heure !

Peio remarqua l'embarras de son frère et sourit.

— Tu n'es pas seul ?

Bixente ne répondit pas.

— C'est qui ?

Bixente s'enferma dans son mutisme.

— C'est Gaby ? Vous avez remis ça ? Laisse-moi passer, je vais la sortir du lit, cette vieille Gaby !

Il commença à gravir l'escalier, mais Bixente lui fit barrage avec son corps.

Peio recula en riant.

— Ce n'est pas Gaby ! Ah, ah ! C'est qui, ta nouvelle conquête, hein, frérot ?

Bixente maintenait toujours le bras de Peio fermement.

— Tu ne la connais pas…

— Comment ça, je ne la connais pas ? Je connais tout le monde…

Devant l'attitude fermée de son frère, il n'insista pas plus longuement, connaissant son caractère entêté.

— Je te laisse roucouler ! Je vais à la conquête des splendides vagues ! À plus !

Et il quitta la maison aussi vite qu'il était entré.

Meguy avait entendu l'échange et n'avait pas bougé, évitant de faire le moindre bruit.

— Nous avons eu de la chance pour cette fois. Nous devrons être plus prudents à l'avenir.

— Ne crois-tu pas que Peio est assez grand pour gérer ses émotions ?

— C'est trop tôt Meguy, je connais mon frère. Il est impulsif. Il va se mettre dans tous ses états et sera incontrôlable.

Meguy regarda Bixente ahurie.

— Tu penses qu'il faudra le préserver encore longtemps ?

— Tout dépend…

— Tout dépend de quoi ?

— De toi !

— De moi ?

— De ton comportement envers lui…

— Tu supposes, monsieur Bixente, que je suis assez sournoise pour séduire Peio et me jeter dans les bras de son frère ?

Il la regarda et lui sourit espièglement. Meguy attrapa le gros oreiller et commença à frapper Bixente qui se protégeait en riant. Lorsqu'il en eut assez de recevoir les coups de traversin, il lui arracha des mains. Une bagarre s'ensuivit où Meguy se défendit de toutes ses forces mais il eut le dessus et la maîtrisa. Tous deux riaient innocemment. Bixente la dominait en tenant ses bras prisonniers au-dessus de sa tête. Il se pencha vers elle et goûta sa bouche chaude et sensuelle. Meguy gémit de plaisir. Bixente la lâcha et allongea son corps sur le sien. Les sens de Meguy s'embrasaient sous les caresses de Bixente. Leur union fut parfaite, leurs corps et leurs rythmes s'harmonisaient comme s'ils se connaissaient depuis toujours. Elle n'avait pas connu un tel plaisir dans les bras de Brian. Bixente lui murmurait des mots tendres et de ses yeux de chat, elle le perçait jusqu'au plus profond de son âme. Lui, si charismatique, intimidant, se révélait être un amant généreux et un compagnon aimant, tendre et complice.

Meguy savait qu'elle était tombée amoureuse de son bel amant basque, tout comme sa grand-mère avant elle… Rassasiés de leur étreinte, ils restèrent, un long moment, enlacés. Bixente embrassait les cheveux de Meguy et la tenait serrée entre ses bras. Il murmura à son oreille.

— Ma belle endormie, je dois m'absenter… L'appel des vagues…

— Va, cours ! Amant infidèle, va rejoindre ta maîtresse, elle s'impatiente…

Bixente déposa un léger baiser sur ses lèvres et courut prendre une rapide douche. À son retour dans la chambre, le corps dénudé et les cheveux humides, Meguy ne put résister au plaisir de le regarder et détailla son corps d'athlète. Ses yeux se posèrent sur son torse imposant, ses pectoraux bien dessinés et les muscles saillants de ses bras qui la firent frissonner. Son regard descendit le long de ses abdominaux travaillés et ses larges cuisses bien dessinées. Elle le trouvait beau et se fit la remarque qu'elle avait de la chance de vivre une relation avec lui, qui la comblait physiquement et intellectuellement. Elle plaça de l'espoir dans leur histoire, en souhaitant que celle-ci s'intensifie et se prolonge dans le temps…

Bixente la sortit de sa rêverie.

— Tu peux rester si tu le souhaites. Je te verrai à mon retour…

Meguy fut tentée par sa proposition mais se ravisa. Elle avait promis d'écrire à sa grand-mère et pour ce faire, elle aimait se retrouver seule dans sa chambre des *Persiennes bleues*. Il parut légèrement déçu, mais son optimisme reprit rapidement le dessus. Il l'embrassa une dernière fois et s'échappa.

Meguy ne revit pas Bixente durant quelques jours et s'ennuya terriblement de son absence. Elle en profita pour aller saluer sa famille française. Maguy l'accueillit avec le même élan généreux et fraternel que lors de sa première visite. Elle fouilla dans sa mémoire et fit rejaillir des anecdotes de son passé. Elle eut la larme à l'œil en lui parlant de son père Léon, que tout le monde avait apprécié pour ses grandes qualités de cœur et sa gentillesse. Il était devenu sensible, suite au départ de sa sœur et à la mort tragique de son frère. Dès lors, une sorte de morosité constante l'avait envahi, le rendant taciturne mais tellement attachant. Elle se souvenait de sa tendre enfance, de son berceau placé à côté du lit de son père… Il tenait sa petite main dans la sienne pour l'aider à s'endormir et ne la lâchait que lorsqu'il entendait son souffle long et régulier. Il lui avait appris à traverser la route en regardant de chaque côté, pour éviter de se faire renverser. À ses retours du marché, il y avait toujours dans son sac une surprise pour chacun de ses enfants, quel père aimant il avait été ! Il fut tout autant et tout au long de sa vie, un homme simple, sans histoires, respectable, honoré par son honnêteté et sa gentillesse.

Meguy, du haut de son jeune âge, écoutait avec attention les récits de sa vieille cousine. Elle se laissait emporter par l'ambiance et les émotions perçues, tout en essayant de se projeter dans une époque révolue auprès de lointains parents qu'elle n'avait pas connus mais qu'elle aurait bien aimé rencontrer. Tous avaient disparu et la transmission permettait un court instant de les ramener à la vie. Meguy fit de même, elle raconta le peu qu'elle connaissait de ses origines et de la vie d'Hélène, de son époux et de ses enfants. Maguy paraissait intéressée comme si ces quelques échanges la replongeaient dans son enfance. Meguy prit congé, enrichie de ressources sur ses origines, fière d'avoir du sang français dans les veines. Sur cette terre basque, ses origines revêtaient une dimension puissante. Elles émergeaient profondément de son être. Les liens du sang et du sol prenaient tout leur sens. Elle se sentait chez elle.

Chapitre 8

This is the end (Voici la fin)
Beautiful friend (Mon bel ami)
This is the end (Voici la fin)
My only friend, the end (mon seul ami, la fin)
Of our elaborate plans, the end (de nos plans élaborés, la fin)
Of everything that stands, the end (De tout ce qui a un sens, la fin)

The end, The Doors

Meguy reçut deux appels téléphoniques à environ une heure d'intervalle. Le premier fut de Peio, qui l'invitait à se joindre au groupe, pour un feu de camp sur la plage de Bidart. Le deuxième fut de Bixente pour la même occasion. Meguy, déçue, d'avoir reçu l'invitation de Peio en premier, eut envie de piquer Bixente.

— Je suis déjà invitée à la soirée ! répondit-elle avec nonchalance.

— Qui a eu l'audace de t'inviter ? demanda-t-il, confiant.

— Peio ! Bien évidemment ! Je serai présente vers dix-neuf heures trente avec des pizzas maison et une quiche lorraine. Ça ira ?

— Ça ira très bien, Meguy ! J'ai hâte de te voir… À ce soir !
Meguy retrouva le sourire.

— Moi également, à ce soir !

Meguy apparut sur la plage de Bidart, où les membres de la bande étaient déjà sur place. Peio jouait au ballon avec Inaki le chevelu, tandis que Bixente attisait le feu et que Gaby installait des nattes tout autour. Matcha fabriquait une sorte de table basse avec du bois flotté pour y déposer les plats apportés. Antoine était présent, pour le plus grand plaisir de Meguy. Il installait les boissons et étalait les mets que les jeunes femmes avaient préparés. Les autres membres du groupe se baignaient et profitaient de la douceur de la soirée. Antoine aperçut Meguy et partit à sa rencontre pour la délester de son cabas. Il l'embrassa chaleureusement, la prit par la taille et la conduisit auprès du feu. Meguy aimait son contact, son savoir-vivre et sa courtoisie. Bixente l'aperçut à son tour, il lui fit un clin d'œil et s'approcha pour la saluer. Il la délogea des bras d'Antoine, la prit par les épaules et se mit à courir sur le sable jusqu'à l'eau, où les vagues s'écrasèrent sur les jambes de la jeune femme et la rafraîchirent instantanément. Elle riait et était heureuse de partager un moment avec Bixente aux yeux de tous. Elle croisa le regard noir de Gaby, mais ce fut Peio, venant à leur rencontre qui détourna son attention. Il l'attrapa, la souleva et la fit virevolter dans l'océan. Quand il la reposa au sol, Meguy s'aperçut de l'absence de Bixente qui était retourné auprès de son feu.

La soirée était d'humeur joyeuse, chacun attendait avec impatience l'éclipse de Lune prévue à partir de vingt et une heures trente. Tout le monde buvait, mangeait, plaisantait, assis en tailleur autour du feu de camp. Peio jouait de la guitare et chantait, accompagné à l'harmonica par Bixente. Puis, inversement, Bixente jouait de la guitare et chantait, accompagné à l'harmonica par Peio. Meguy regardait amoureusement Bixente, qui lui lançait des clins d'œil discrets.

La fête battait son plein quand Meguy cacha volontairement l'instrument de Bixente dans la poche de sa veste en jeans. Celui-ci le chercha et mit tout en dessus dessous pour le retrouver, sous les regards interrogatifs et amusés de ses amis. Il les détailla, chacun tour à tour et comprit que Meguy lui avait fait une plaisanterie en remarquant son petit air indifférent qu'il ne connaissait que trop bien. Il pointa son doigt vers elle et se leva rapidement. Meguy se dressa à son tour, tout aussi promptement, et s'enfuit en criant, pendant que Peio jouait de la guitare et que les autres chantaient à tue-tête. En quelques enjambées, Bixente la rattrapa, la plaqua et la fit tomber sur le sable. Meguy riait de plus belle, il la retourna. Il la dominait de toute sa taille et ne pouvant plus résister à son attirance, il s'allongea sur elle et l'embrassa fougueusement. Meguy répondit à son baiser, en le serrant contre elle et en caressant ses cheveux sous la lueur de la lune rousse et le regard perçant de Peio…

Le lendemain, durant le trajet les menant aux *Persiennes bleues,* Bixente ne décrocha pas un mot. Il paraissait soucieux, perdu dans ses pensées. Étaient-ce les évènements de la nuit passée qui le contrariaient ? Meguy en était convaincue. Après leurs tendres baisers échangés, le couple s'était relevé et avait rejoint leurs amis. Personne ne fit attention à eux, sauf peut-être Antoine, l'air maussade, fuyant leurs regards. Seule brillait l'absence de Gaby et de Peio.

Bixente avait tenté de joindre son frère à maintes reprises, mais il était tombé directement sur sa messagerie téléphonique. Il projetait de reconduire Meguy chez Louise et de partir à sa recherche.

En pénétrant sur le chemin les conduisant aux deux domaines, Bixente aperçut le véhicule de Peio Il ne bifurqua pas sur la gauche et décida de se rendre dans la propriété de sa grand-mère. Peio était sur une échelle, en grande rénovation d'une fenêtre de l'étage. Il remarqua le couple mais, imperturbable, continua sa besogne. Bixente, embarrassé, passa la main dans ses cheveux et demanda à son frère de les rejoindre. Celui-ci ne répondit pas, Bixente insista en secouant légèrement l'échelle. D'ordinaire, Peio aurait plaisanté, mais le geste de Bixente accentua son agacement. Il ne regarda pas un seul instant Meguy, qui se tenait à l'écart.

— Peio, nous devons parler… Calmement…

— C'est maintenant que tu veux parler… C'est trop tard… J'ai des yeux… Tu aurais pu m'épargner ça…

— Je suis désolé, c'est pour cette raison que je souhaiterais en discuter…

— Il n'y a rien à dire… Tu es avec Meguy, tant mieux pour toi ! J'ose espérer pour elle que tu es sincère et que tu ne l'utilises pas pour assouvir tes besoins de victoire et me dominer, comme à ton habitude !

Bixente serra les mâchoires et ne répondit pas aux attaques de son frère. Son indifférence eut l'effet inverse sur Peio, qui s'énerva.

— T'es un beau salaud ! Tu savais que j'avais des sentiments pour Meguy. Tu n'as pas pu t'empêcher de la séduire !

Peio ne contenait plus sa colère et sa jalousie. Il envoya un coup de poing en pleine figure de Bixente. Meguy poussa un hurlement. Bixente encaissa le coup, sa lèvre se fendit et du sang qu'il cracha aussitôt se mit à couler de sa plaie. Dans l'emportement, il se rua sur son frère et une lutte acharnée s'ensuivit. Les deux garçons s'affrontaient. Bixente avait réussi à plaquer Peio au sol et le maîtrisait de toutes ses forces en tenant sa gorge serrée dans sa main gauche et de son poing droit s'apprêtait à le frapper. Ses traits étaient méconnaissables. Meguy pleurait, criait, suppliait Bixente de se ressaisir. Il finit par se calmer. Il lâcha Peio et se releva. Peio se redressa à son tour, mais sauta à nouveau sur son frère. Meguy tenta par tous les moyens de les séparer. D'un revers de la main, Bixente l'envoya valdinguer. Elle perdit l'équilibre et s'affala de tout son long en se cognant la tête sur une pierre. Au même instant, Louise accourut, un fusil de chasse à la main tandis qu'une voiture entrait dans la propriété. Elle tira un coup de fusil dans les airs qui coupa net les deux frères.

— Vous êtes devenus fous, les garçons ! Cela suffit maintenant, reprenez-vous !

La voiture s'arrêta devant le perron. Gaby et la grand-mère des garçons en sortirent et les rejoignirent, toutes deux affolées. Peio tourna la tête et vit Meguy encore allongée, à moitié consciente. Il se dirigea aussitôt vers elle. Dans sa chute, le sac de la jeune femme s'était ouvert et ses effets personnels, dont la photographie de Victor, étaient éparpillés autour d'elle. À sa vue, la grand-mère des garçons blêmit et Bixente, encore sous l'effet de la colère, la regarda avec mépris.

— Que fait cette photo dans tes affaires Meguy ?

Sur le moment, Meguy ne comprit pas la colère de Bixente.

— J'allais tout t'expliquer, Bixente, j'attendais le bon moment…

— C'est pour ça que tu es venue chez nous ? Hein, Meguy ? cria Bixente, fou de rage.

Il saisit la table de jardin et l'envoya valser dans les airs, suivie des chaises et des pots de fleurs. Meguy pleurait de plus belle. Peio ne comprenait rien à la situation. Il aida Meguy à se relever, accompagné de Louise qui ramassa ses affaires. Gaby attrapa le bras de Bixente et réussit à le résonner en l'entraînant à l'intérieur de la maison. La grand-mère s'adressa à Meguy avec une haine farouche :

— Retourne chez toi l'étrangère ! Ne t'approche plus de ma famille ! Je savais que tu sèmerais le trouble dans ma maison, tout comme ta grand-mère avant toi…

Louise raccompagna Meguy à l'abri des *Persiennes bleues.*

Peio criait :

— Meguy, que fait la photo de Victor dans tes affaires ?

C'était donc ça, Madame Helagaray, portait le nom de son époux et n'était autre que Maïder, la petite sœur de Victor. Meguy fondit à nouveau en larmes et trouva refuge dans les bras réconfortants de Louise.

Chapitre 9

I don't care if it is hurts (ça m'est égal si ça fait mal)
I want to have control (Je veux avoir le contrôle) »
But I'm creep, i'm a weirdo (Je suis un salaud, je suis un raté)
What the hell am i doig here?   (Qu'est-ce que je fous ici ?)
I don't bélong here (ma place n'est pas ici)

Creep, Radiohead

Les jours qui suivirent furent un véritable calvaire pour Meguy. Choquée par la violence des faits et le coup reçu à la tête, elle garda la chambre quelques jours sur les recommandations du médecin, qui préconisa du calme et du repos. Louise lui préparait des plateaux repas, qu'elle renvoyait quasiment intacts. Elle n'avait qu'une envie, se blottir dans les bras forts et solides de son père. Se sentant trop fragile pour raconter son histoire, elle différa l'appel à sa famille et se retrouva bien seule. Elle dormit longuement sous la surveillance de Louise, qui veilla sur elle comme sur sa propre fille.

À peine après avoir repris quelques forces, elle contacta sa grand-mère et lui résuma la situation en minimisant les conséquences, pour ne pas l'inquiéter outre mesure. Hélène fut terriblement troublée et supplia sa petite-fille de plier bagage et de rentrer en Angleterre. Meguy était perdue. Pour l'instant, elle ne savait quelle décision prendre… Il lui fallait encore un peu de temps avant de trouver une suite logique à son aventure.

— Promets-moi d'être prudente ! Je n'aime pas beaucoup cette Maïder, qui déjà, adolescente, était une petite peste, arrogante et orgueilleuse.

— Je te promets grand-mère, d'être vigilante… Sois certaine que je préfère rester éloignée d'elle et de sa descendance !

À ces mots, elle ressentit des frissons d'effroi sur tout le corps qui se muèrent en une douleur au niveau du cœur en pensant à Bixente. Elle se retint de ne pas éclater en sanglots et mit fin à la discussion.

Antoine vint lui rendre visite, un superbe bouquet de pivoines à la main. En le voyant, Meguy se jeta à son cou. Il la serra contre lui et lui caressa les cheveux affectueusement. Elle n'avait pas besoin de garder des distances avec le jeune homme. Elle avait compris depuis un moment déjà qu'il n'était pas attiré par les femmes. Elle l'aimait d'autant plus qu'elle pouvait vivre son amitié pleinement avec lui. Elle lui relata toute l'histoire. Il émit un sifflement.

— Ce n'est pas de ta faute. Tu ne pouvais pas savoir que Victor faisait partie de la famille de Bixente. Il est certain que son histoire se transmet de générations en générations, laissant une blessure non tarie. À l'adolescence, les deux frères l'évoquaient souvent et avaient entamé des recherches pour le retrouver. Leur obstination devenait une obsession, aussi Maïder a réuni sa famille et a demandé à ce que les investigations cessent pour le bien-être de tous. Pour elle, Victor avait choisi de fuir et de construire une vie loin des siens. Il fallait respecter sa volonté. Les garçons prirent très mal la demande de leur grand-mère. L'autorité de leur père les obligea à laisser Victor en paix et reposer dans le passé.

Meguy hocha la tête.

— Souhaites-tu que j'en touche un mot à Bixente ?

Elle lui caressa le bras avec affection.

— Je ne pense pas, non… J'ai du mal à oublier sa fureur, la bagarre des deux frères à cause de moi et la haine de Maïder à mon égard. Je ne veux pas revivre cette tempête et je ne voudrais pas qu'il s'en prenne à toi. Je ne connais pas cet homme. Il ne ressemble pas à celui dont je suis tombée amoureuse…

— Comme tu voudras, répondit tristement Antoine qui pensa au pauvre Peio, mais il garda ses pensées secrètes. Les évènements finiront peut-être par tourner en ta faveur… Tu pourras compter sur mon aide, si tu as besoin…

Meguy était reconnaissante du soutien qu'Antoine lui offrait.

— Je ne suis pas certaine d'avoir envie de reprendre le dialogue avec les garçons… Tu comprends… Étant donné les circonstances, je ne pourrai plus assurer ton service…

— Ne t'inquiète pas pour si peu… Tu pourras revenir quand tu voudras…

Meguy lui sourit. Il prit congé en l'embrassant chaleureusement.

Plus tard dans la journée, ne tenant plus enfermée dans sa chambre, Meguy choisit d'aller flâner dans les rues de Saint-Jean-De-Luz… Elle déambulait sans but précis, profitant de la douceur du climat. Il faisait beau, le ciel était dégagé et la température était supportable grâce à un léger petit vent frais, qu'elle ressentait dans ses cheveux dénoués. Tout lui rappelait Bixente, elle avait des souvenirs en sa compagnie dans chaque rue de la petite ville. Cette pensée l'affligea, elle se sentait très malheureuse. *L'idéal serait de quitter le Pays basque, pensa-t-elle, et de retourner chez ses parents pour quelque temps…*

Elle en était là, de ses réflexions, quand une main chaude posée sur son bras la sortit de ses pensées. Elle leva les yeux sur Marion Béchade, accompagnée de ses enfants. Devant son visage accueillant, Meguy se remémora la soirée passée avec Bixente à *l'Auberge Basque*. Les larmes lui vinrent naturellement aux coins des yeux et elle ne put les retenir plus longuement.

— Oh, ma chère ! Ne vous mettez pas dans cet état, je vous en prie.

Méguy lui sourit, mais les larmes continuèrent de couler.

— Venez, je vous invite à boire un thé.

Marion la conduisit à la terrasse d'un café, sur la place Louis XIV. Elle installa confortablement ses enfants sur une table à proximité et se tourna vers Meguy.

— Votre chagrin est-il en rapport avec Bixente ?

Meguy hocha la tête et lui raconta toute l'histoire. Marion la regarda.

— C'est tout de même une sacrée coïncidence, digne d'un roman… Ce n'est pas si grave que ça en a l'air… Mais le poids des traumatismes transgénérationnels a, j'en suis convaincue une responsabilité dans le comportement de Bixente… Et pour se mettre dans un tel état… à mon avis, il est très amoureux de vous !

— Plus aujourd'hui… Je suis bien la dernière personne qu'il ait envie de voir…

— Et vous ?

Meguy réfléchit un court instant avant de répondre.

— Je ne sais plus… Je n'ai pas aimé l'autre Bixente. Méprisant, violent, sans cœur…

— Mis à part cette parenthèse désenchantée ?

Marion poussait Meguy dans ses retranchements et l'aidait à y voir plus clair en elle et à se poser les bonnes questions.

— Il me manque… Tout ici me rappelle Bixente. Notre histoire était prometteuse. Mais, je ne pense pas pouvoir dépasser cette scène de chaos… Peio… sa grand-mère… Tout s'est transformé en une histoire de famille… En l'occurrence, il ne veut plus me voir. J'ai tout gâché !

— Essayez d'avoir une explication avec lui… Si vous l'aimez, battez-vous !

— Et sa grand-mère ? Et Peio ?

Marion fit une légère grimace.

— La situation paraît compliquée, en effet… S'il y a de l'amour entre vous, il triomphera. Accrochez-vous !

Meguy posa sa main sur celle de Marion et la serra amicalement.

— Merci pour votre soutien. Votre avis me réconforte.

— Pour l'instant, j'ai ce qu'il vous faut !

Meguy leva les sourcils.

— Un bon massage relaxant ! Voici les coordonnées de ma masseuse, *Les Jardins du Zen* à Bidart. Je vous la recommande, vous vous sentirez mieux après être passée entre ses mains…

Meguy saisit la carte de visite que Marion lui tendit. *Elle se fit la remarque qu'un moment pour elle, serait une excellente idée...* Elle quitta Marion, légèrement moins angoissée qu'auparavant. Elle espérait que cet état se maintiendrait pour quelques jours encore. Elle contacta aussitôt *Les Jardins du Zen* et obtint un rendez-vous pour la matinée suivante. Elle préféra un soin à domicile, dans sa chambre. Elle ne souhaitait pas rencontrer Bixente à Bidart… d'autant plus que le centre de bien-être se trouvait à deux pas de sa maison. La relaxologue se rendit aux *Persiennes bleues* avec sa table de soins et son matériel. Elle lui créa une bulle de sérénité et lui prodigua le massage tant attendu. Meguy comprit l'insistance de Marion. Douceur, relaxation et empathie étaient au rendez-vous. Meguy se laissa aller en relâchant son corps et en faisant le vide dans son esprit. Elle vécut son massage dans un état semi-somnolent et en légère transe, qui détendit son corps et finit par libérer ses émotions refoulées. À la fin du soin, elle pleura tout son saoul, face à la praticienne en bien-être qui la réconforta avec des paroles douces et apaisantes. Meguy la remercia pour le service reçu et lui promit de faire appel à nouveau à elle, ultérieurement.

Enfin sereine, Meguy se reposait, allongée sur un confortable lit de jardin sous la tonnelle recouverte de glycine. Elle était plongée dans un roman de Tatiana de Rosnay. Elle entendit un bruit de voiture, une portière claquer et des pas précipités se rapprocher. Elle leva les yeux sur Antoine vêtu de blanc et de rouge, tenant dans ses bras des vêtements de couleur identique. Il venait la chercher pour se rendre aux fêtes de Bayonne et son invitation n'était pas négociable.

— *Hello*, Meguy ! Enfile ces vêtements, je pense qu'ils sont à ta taille, je les ai choisis spécialement pour toi.

Meguy le regardait, les yeux écarquillés. Antoine lui tendit un short blanc, un tee-shirt rouge, un foulard rouge à l'effigie du drapeau basque et des baskets en toile blanche.

— Hâte-toi, nous sommes attendus au restaurant pour déjeuner.

Et avant qu'elle n'ait eu le temps de répondre, il lui flanqua les vêtements dans les bras et la poussa à se lever.

Meguy, qui n'avait prévu aucune autre activité mis à part sa lecture, se dit que la proposition d'Antoine tombait à point. Elle se leva d'un bond et courut dans sa chambre se changer sous l'œil amusé et rassuré de Louise. Un instant plus tard, elle descendit les escaliers en tenue de *festayre*, qui lui seyait comme un gant. Antoine la contempla, plutôt satisfait de son initiative.

— Que se passe-t-il aux fêtes de Bayonne ? Qu'allons-nous faire ?

— Rien ! Tu te laisses porter par l'ambiance ! Tu bois, tu manges, tu danses, tu ris et tu es heureuse ! Le programme te convient-il ?

Pour toute réponse, Meguy le regarda un large sourire aux lèvres et les yeux brillants d'excitation. Ils abandonnèrent la voiture d'Antoine à la gare de Biarritz et se rendirent en bus à Bayonne, jusqu'à la place des Basques. Les passagers étaient tous vêtus de blanc et de rouge et huaient des chants basques. Ils étaient déjà dans l'ambiance des fêtes.

Antoine donna des explications à Meguy :

— Aujourd'hui, c'est vendredi, le jour des entreprises. La majorité des établissements organisent des repas. Salariés et dirigeants font la fête ensemble. Nous rejoignons mon équipe…

Meguy était enchantée de retrouver les collaborateurs d'Antoine. Elle ne s'attendait pas à un tel rassemblement. La ville avait pris l'allure d'une immense fourmilière où grouillait un monde incalculable de *festayres*. Les classes sociales disparaissaient, tout le monde se ressemblait et s'assemblait pour faire la fête. Au coin de la rue d'Espagne, face aux remparts, ils rencontrèrent des amis d'Antoine qui leur offrirent leur premier verre. Ça chantait, ça dansait, ça chahutait en tous sens, accompagné par de la musique et des *bandas*… Après quelques verres, Antoine prit la main de Meguy et leur fraya un chemin de la rue d'Espagne, jusqu'aux Halles. Les gens avançaient à petits pas, collés les uns aux autres. Meguy était en état d'ébriété, après les verres de rosé qu'elle venait de boire et le brouhaha incessant qui régnait. Ils retrouvèrent l'équipe au complet qui les accueillit chaleureusement en les embrassant et en leur offrant de nouveau à boire. Ils déjeunèrent enfin autour de grandes tablées, au restaurant des *Basses Pyrénées* où chants, danses et rire furent au menu du jour. L'après-midi était bien avancé lorsqu'Antoine régla l'addition et entraîna son monde dans le petit Bayonne pour rejoindre d'autres amis et continuer la fête. Meguy dansait dans la rue, chantait, un *borsalino* rouge sur la tête, déposé par un inconnu au passage d'une ruelle, sous l'œil protecteur d'Antoine.

Elle l'aperçut de loin, en compagnie de son groupe d'amis. Elle détourna brièvement la tête pour ne pas croiser son regard et resta en retrait quand Antoine prit Bixente dans ses bras pour le saluer. Aucun de ses amis ne vint lui parler et dans l'état dans lequel elle se trouvait, elle s'en moquait bien. Antoine abrégea la rencontre. Il prit Meguy par les épaules et ils poursuivirent leur chemin. Ils s'étaient croisés, indifférents comme s'ils ne s'étaient jamais connus. Au souvenir des nuits passées dans les bras de Bixente, Meguy eut un pincement au cœur et lutta pour repousser l'angoisse et le mal-être qui commençaient à tendre vers elle.

Quant à Antoine, c'était bien la première année qu'il ne faisait pas les fêtes de Bayonne avec son meilleur ami. *Mais où était passé Peio ?*

En se réveillant le lendemain après-midi, dans son lit, avec un terrible mal de tête, Meguy se souvint s'être amusée jusqu'au bout de la nuit. Elle avait ri, chanté, dansé, tout comme le lui avait promis Antoine. Elle se sentait fatiguée et il restait encore deux longues journées de festivités. Elle se demanda comment faisaient les personnes qui participaient aux cinq jours de réjouissance. Quant à elle, elle préféra en rester là, gardant en souvenir cette journée mémorable.

Elle entreprit de se rendre à la plage et de lézarder sur sa serviette, attendant patiemment que sa migraine lui passe.

De longues journées s'étaient écoulées depuis les fêtes de Bayonne. Des journées d'une lenteur interminable qui agaçaient fortement Meguy, mais permettaient à son organisme marqué par les récents évènements de se rétablir. Elle réfléchissait à la suite à envisager… Un trouble tenace la mettait en position de faiblesse. *Que devait-elle faire ? Se projeter en ces lieux, au Pays basque, terre de son ancêtre, en espérant trouver un poste de professeur dans un établissement pour la rentrée de septembre ? Ce qui impliquait de séjourner seule au mois d'août, sans avoir quiconque à voir, ni même Antoine trop occupé par son activité professionnelle… ou bien, retourner à Londres et reprendre le cours de sa vie ? Cette idée ne l'enchanta guère. Elle avait, toutefois la possibilité de retrouver Michelle à Paris, mais celle-ci lui avait indiqué son départ imminent pour l'île Maurice. L'avenir de Meguy était dans une impasse. Elle n'avait pas de moteur ni d'enjeu qui pourraient la dynamiser. Elle savait qu'elle devait prendre une décision, mais laquelle ? Une autre alternative vint germer dans son esprit. Depuis de nombreuses années, elle avait nourri l'envie d'enseigner dans une association humanitaire, dans un pays du tiers-monde, pour accompagner les enfants vers l'éducation, la culture et l'émancipation…*

Elle en était là de ses réflexions, quand Peio vint frapper à la porte des *Persiennes bleues*. Meguy le reconnut à travers la vitre floutée et sortit de la pièce, tremblant de tous ses membres au même moment où Louise se dirigeait vers la porte pour lui ouvrir. Elle aperçut Meguy, blanche comme un linge, et lui conseilla de se rendre dans sa chambre. Elle hésita avant de laisser entrer Peio, mais sa triste mine eut raison de ses ressentiments. Lui, d'ordinaire si gai, n'était que l'ombre de lui-même. Elle le conduisit dans le petit salon et retrouva Meguy pour l'avertir de la visite du jeune homme. Elle reçut la nouvelle en grimaçant. Elle n'avait aucune envie de le voir. Louise la rassura en lui assurant qu'elle était en sécurité à l'intérieur des *Persiennes bleues* et qu'il était préférable d'écouter ce qu'il avait à lui dire. Bon gré, mal gré, elle descendit les escaliers la conduisant au petit salon. Elle entra dans la pièce sans frapper. À sa vue, Peio se leva. Il avait les larmes aux yeux. Meguy le regarda, touchée par sa sensibilité. *Il avait changé*, pensa-t-elle. Ses traits étaient tirés, son corps était amaigri, une barbe de plusieurs jours et des vêtements non accordés laissaient percevoir une négligence et un mal-être certain. Elle eut pitié de lui et rangea sa rancœur de côté. Elle s'adressa à lui avec douceur.

— Bonjour, Peio, comment vas-tu ? Tu souhaites me voir à quel sujet ?

Il s'approcha d'elle, pour la prendre dans ses bras, mais elle l'arrêta brusquement d'un geste de la main, tout en reculant. Il comprit son appréhension et retourna s'asseoir sur le petit canapé. Meguy s'installa face à lui, dans le dominant fauteuil Louis XV. Il ne la quittait pas du regard et ne savait pas par où commencer… Il prit son courage à deux mains et lui présenta tout d'abord ses excuses.

— Meguy, je te demande pardon pour ce qui s'est passé. Tout est de ma faute, j'ai perdu pied. La jalousie m'a aveuglé. De tout mon cœur, je souhaiterais revenir en arrière pour t'éviter de vivre ce pénible instant. Comment me faire pardonner ? Je n'avais pas le droit…

Meguy resta muette un instant. Elle lui répondit, ébranlée par sa sincérité.

— Je suis bien triste en effet, à cause des évènements passés, de la violence et de cette fin tragique… Mais, tu n'es pas le seul responsable. J'avais supplié Bixente de t'annoncer notre relation. Cependant, il n'était pas confiant, il culpabilisait, me répondant qu'il était l'aîné et qu'il devait veiller sur toi…

Peio écoutait Meguy attentivement, un sourcil levé en signe d'interrogation.

— Es-tu malheureuse Meguy ?

Elle se retint de pleurer.

— Je suis atrocement malheureuse, j'ai perdu Bixente, et toi par la force des choses…

— Tu ne m'as pas perdu Meguy. Je suis là, à tes côtés. Prêt à veiller sur toi. Toutefois, quelque chose m'interroge… Peux-tu m'expliquer ce que faisait la photo de Victor dans tes affaires ?

Meguy lui relata l'histoire d'amour tragique de Victor et d'Hélène. Elle jura sur tout ce qu'elle avait de plus précieux, n'avoir aucune connaissance des liens familiaux les unissant à Victor. Peio l'écouta sans mot dire.

— Je comprends mieux maintenant… J'ai fait des recherches de mon côté. J'ai retourné le grenier dans la maison de mes parents, qui était à l'époque la maison de mes grands-parents, où j'ai trouvé des lettres venant des Pays-Bas. Après le drame, auquel Victor ne fait jamais allusion, il s'est engagé volontairement pour prendre part à la guerre d'Algérie… Il a survécu et a souhaité voyager. Il travaillait comme *docker* sur le port d'Amsterdam et vivait dans une pension au cœur du quartier Rouge. À mon avis, la logeuse est certainement décédée à ce jour… En revanche, je ne sais pas si Maïder répondait à son courrier… Oncle Victor est un sujet tabou dans notre famille…

Chapitre 10

Hey Joe, said now (Hey, Joe, dis-nous)
Hey
Where you gonna run to now, where you gonna run to
(Où vas-tu t'enfuir maintenant ? Où vas-tu aller ?)
Yeah !
Where you gonna go? (Où vas-tu aller ?)

Hey Joe, Jimy Hendrix

Meguy et Peio arpentaient les rues d'Amsterdam à bicyclette, à la recherche de la dernière trace de vie de Victor. Ils trouvèrent aisément la maison où il logeait, accolée à un *Bulldog Coffee Shop*. Peio rangea les vélos sur le côté, tandis que Meguy montait les marches du perron de la bâtisse. À peine eut-elle frappé à la porte qu'une femme d'environ l'âge de sa mère, lui ouvrit avec un large sourire accueillant. Meguy se présenta et la dame hocha la tête, captivée par son récit dont elle avait eu des bribes par téléphone quelques jours auparavant. Peio, après plusieurs recherches sur les réseaux sociaux et sur le Net, avait retrouvé sa trace et avait demandé à Meguy d'entrer en contact avec elle.

À l'époque, la maison appartenait à sa grand-mère et sa mère en avait hérité à la mort de celle-ci. Elle n'y vivait plus à ce jour et lui avait laissé la jouissance des lieux, préférant s'installer dans un coquet appartement du quartier Leidseplein. L'interlocutrice de Meguy lui remit sa nouvelle adresse et lui confia que sa mère recevait toutes les fins d'après-midi. Avant de la quitter, elle lui promit de l'avertir de leur visite. Meguy la remercia chaleureusement et dans son enthousiasme, faillit l'embrasser. Elle s'enquit de retourner auprès de Peio pour partager la nouvelle avec lui, qu'il reçut avec tout autant d'ardeur.

Avant de rencontrer la fille de la logeuse, ils partirent à la découverte de la ville et ne purent retenir leurs éclats de rire en longeant une vitrine au travers de laquelle une prostituée à demi nue fit un clin d'œil aguichant à Peio, tout en lui exhibant son anatomie avantageuse. Ils se moquèrent allégrement, non pour la condition sociale de la pauvre femme, mais pour la drôlerie de la scène et la mine effrayée du jeune homme… À la suite de quoi, ils se prirent en photo sur le Dam, la place centrale d'Amsterdam qui était comme à l'accoutumée bondée de monde. Puis ils se rendirent à toute hâte au musée d'Anne Franck pour satisfaire un souhait qui tenait à cœur à Meguy depuis son adolescence… Grâce à ses écrits, tout comme des milliers de jeunes à diverses époques, Meguy avait rédigé son premier journal intime et poursuivait depuis comme un accouchement de soi cette pratique diaire. Très tôt, elle avait connu ses premiers sentiments d'empathie et avait été profondément meurtrie par la *Shoah*. En grimpant les marches de l'escalier conduisant à la cache de la famille Franck, Meguy se plongea dans ses souvenirs et se vit dans sa chambre occupée à lire les nouvelles quotidiennes de la fillette tout en imaginant son confinement. À ce jour, elle mettait des images concrètes sur les mots de l'auteure et l'émotion la secoua d'autant plus. En quittant les lieux, les jeunes gens furent à nouveau affectés par cette parenthèse sombre de l'histoire qui renvoyait des messages de cruauté, d'injustice et paradoxalement de courage et d'héroïsme. Aussi pour se changer les idées, ils se promenèrent paisiblement le long des canaux, jusqu'à la place Rembrandt pour enfin choisir de déjeuner près du Marché aux Fleurs. Ils s'attablèrent dans un restaurant indonésien, où Peio ne put s'empêcher de faire remarquer qu'il était impossible de trouver un restaurant convenable à Amsterdam !

Tous deux étaient excités à l'idée de rencontrer la fille de la logeuse de Victor et nourrissaient l'espoir de poursuivre leurs investigations qui les mèneraient jusqu'à lui, sa famille, sa descendance ou bien sa dépouille… Ainsi parés à toutes éventualités, ils consacrèrent leur après-midi à la visite du Rikjmuseum et firent une halte prolongée devant *La laitière* et *La fille à la perle.*

— C'est la première fois que je découvre des peintures de Vermeer…

— Savais-tu qu'il a commencé à être connu grâce à un journaliste et critique d'art français ?

— Non, tu me l'apprends…

— Par la suite, sa réputation s'est amplifiée avec l'aide des impressionnistes et de Marcel Proust qui le citait à de nombreuses occasions…

— Ah ! les impressionnistes… À Paris, au Grand Palais, je me suis rendue à une exposition de Claude Monet… C'était une pure merveille ! Chaque tableau me happait comme si je faisais partie du décor…

Peio la contempla, perdu dans ses pensées, se sentant attiré par la passion qui se dégageait de la jeune femme. Le sang bouillait dans ses veines et la transfigurait. À ces moments précis, personne ne pouvait résister à sa beauté indomptable…

L'heure du rendez-vous approchait et Meguy reçut un message de la fille de la logeuse les invitant à se rendre chez sa mère qui les attendait patiemment. Les jeunes gens enfourchèrent leurs bicyclettes et traversèrent Amsterdam à vive allure jusqu'à leur entrevue où une dame de petite taille et au regard perçant les accueillit pour les faire pénétrer dans un couloir sombre et étroit, orné de tableaux de différents styles et de mauvais goût. Tout au fond, ils tournèrent sur leur gauche en direction d'une immense pièce lumineuse au style Rococo regorgeant de vestiges de la vieille pension de famille. Leurs regards furent attirés par de nombreuses photographies en noir et blanc représentant des messieurs élégants en costume trois-pièces et tenant à leurs bras des dames à peine vêtues de corsets, qui laissaient présager des pratiques moins honorables en ces temps. Peio et Meguy échangèrent des regards complices, mais ne firent aucune remarque pour ne pas offenser leur hôtesse. La vieille dame reluquait Meguy d'une façon étrange qui la maintint dans un malaise pesant. Aussi, aurait-elle préféré que Peio menât l'entretien, mais son niveau d'anglais ne le lui permettait pas. Alors, ce fut à contrecœur qu'elle entama la conversation. Méguy résuma l'histoire d'amour de Victor et d'Hélène et, à l'expression du visage de la fille de la logeuse, ils comprirent qu'elle était au courant des faits. Elle fit mine de se plonger un court instant dans sa mémoire pour se remémorer le passé et ouvrit enfin la bouche. Meguy écouta attentivement son interlocutrice, tout en traduisant ses explications à Peio, qui ne tenait plus en place dans son fauteuil.

— Je me souviens très bien de Victor ! J'avais quatorze ans à l'époque et j'étais tombée follement amoureuse de lui. À la pension, tout le monde l'aimait, d'autant plus quand il prenait sa guitare et chantait du Elvis Presley. Ma mère était dingue de lui, mais pour d'autres raisons ! Je l'avais vu, à maintes reprises, sortir de sa chambre en pleine nuit… Il travaillait durement sur le port et mettait de l'argent de côté pour prendre le large, voyager, comme il disait… Il a fréquenté, pendant un temps, une fille de mauvaise vie. Aussi la jalousie de ma mère a été terrible et pour se venger, elle a tout balancé à son souteneur. Victor a retrouvé la pauvre fille un matin, devant la porte de la pension, la tête en sang, un bras et des côtes cassés. Il est entré dans une colère noire et s'est précipité aux trousses de ses ravisseurs.

Tout en disant ces mots, elle remplit des petits verres à liqueur d'une boisson sirupeuse qu'elle ingurgita aussitôt d'un coup sec. Puis, elle les invita à faire de même. Meguy faillit recracher le liquide qui lui brûlait la bouche et incendiait sa langue mais ce fut la tête hilarante de Peio qui lui donna le courage d'avaler sa gorgée et d'éviter de vexer la vieille dame. Après cet intermède, ils s'installèrent dans le salon où elle poursuivit son récit, satisfaite d'avoir du monde à qui parler.

— C'est que Victor avait un corps d'athlète. Il était devenu fort, à force de travailler comme *docker*… En effet, il a retrouvé le mac de Lydia. Ça me revient, elle s'appelait Lydia… Victor est rentré, un soir couvert de sang et nous n'avons plus jamais entendu parler du souteneur, pour le plus grand bonheur de la pauvre fille… Mais Victor a été dans l'obligation de quitter le pays, il avait la mafia à ses trousses. Ce que j'ai pu pleurer… Des semaines entières… Il nous manquait tellement. Sa bonne humeur, sa joie de vivre, sa gentillesse… Il s'est embarqué sur un cargo et a disparu pour une destination lointaine. Il est resté dans ma tête comme un tendre souvenir…

Les jeunes gens accueillirent la nouvelle avec désolation.

— Vous ne savez pas où il a bien pu aller ?

— Non ! répondit-elle brusquement.

Les jeunes gens se regardèrent, l'air dépité… Mais déjà, elle reprenait son récit :

— J'ai reçu une carte postale quelques années plus tard… Mais… tout dépend du prix que vous souhaitez y mettre…

Meguy expliqua à Peio, l'insinuation de la vieille dame. Il mit la main dans sa poche et sortit un billet de cinquante euros, qu'elle s'empressa de ranger dans sa robe.

— À mon avis, elle n'a pas fait que louer des chambres !

Meguy sourit à sa réplique et se tourna à nouveau vers son interlocutrice.

— J'ai reçu une carte postale de Sicile. Rien n'était écrit dessus. J'étais persuadée que c'était Victor.

Tout en déblatérant ses souvenirs, elle se leva et se dirigea lentement vers un affreux buffet pour en sortir une liasse de documents parmi lesquels elle fouilla un moment interminable. Elle finit par leur tendre, les yeux brillants, une carte postale représentant une falaise et une mer bleue étincelante où le nom de Céfalù était inscrit en lettres rouges. En effet, aucune indication ne permettait de connaître l'identité de l'expéditeur. Seule la date du 14 mai 1970 apportait une précision. Peio et Meguy échangèrent un regard sceptique.

— Qu'est-ce qui vous laisse croire que Victor a envoyé cette carte ?

La vieille dame haussa les épaules.

— C'est que les charges sont chères à Amsterdam… J'ai du mal à joindre les deux bouts et je ne mange pas de la viande tous les jours…

Meguy traduisit ses propos, tout en fouillant dans son sac.

— Réponds-lui de manger des légumes et des céréales. C'est bon pour la santé et bon pour la planète…

Meguy lui tendit cinquante euros, qui rejoignirent aussitôt le premier billet.

— Je pense que la carte venait de Victor… parce que son grand copain était Sicilien… On l'appelait Garou. Il portait le tatouage d'une Gorgone sur l'avant-bras. Comme par hasard, il a disparu en même temps que Victor et bien avant l'affaire en question, il souhaitait raccrocher et retourner en Sicile. Je me rappelle qu'il avait invité Victor à le suivre…

— Avez-vous d'autres informations sur ce Garou ?

— Si ma mémoire est bonne, son nom de famille était Battagliola. En Sicile, il réparait des voitures…

Peio regarda Meguy :

— Ça pourrait coller… Vu que Victor travaillait dans le garage de son père…

Ils remercièrent leur hôtesse pour son aide, qui leur confia la carte postale et leur fit promettre de lui donner des nouvelles de Victor s'ils retrouvaient sa trace, vivant ou mort… Ils la quittèrent en se demandant où cette aventure allait bien pouvoir les conduire…

— Peio ! Qui a connaissance de tes recherches ?

— Mes proches… Mais, mis à part ma mère, tout le monde est contre. D'ailleurs, je pense que je suis renié. Que veux-tu, j'ai rompu le pacte de confiance du conseil de famille…

Meguy se mordit la lèvre, d'un air de dépit. Peio la rassura, tant bien que mal.

— Ne t'en fais pas, Meguy… C'est le destin.

— Mais où iras-tu, à notre retour ?

— Je ne sais pas encore… J'y réfléchirai plus tard. J'ai toujours souhaité savoir ce qui était arrivé à Victor. Maintenant, je suis libre de le découvrir.

Meguy le regarda avec compréhension.

Chapitre 11

Je reviendrai un jour chez toi
Pour te serrer fort dans mes bras !
Tu es parti un beau matin
Maintenant je suis plein de chagrin
Et j'entends au loin
Le cri du dernier train

Darling, Mano Negra

L'avion atterrit à Catane, au sud de la Sicile où le couple loua une voiture à l'aéroport et fit une halte à mi-parcours pour passer la soirée et la nuit dans la ville de Taormina. Meguy fut immédiatement sous le charme de ses rues accueillantes et grouillantes de touristes. Avec enthousiasme, ils se rendirent dans un hôtel de charme où seule une chambre aux lits jumeaux était encore disponible. Meguy se sentit nerveuse devant le réceptionniste et instinctivement, tourna la tête vers Peio qui ne semblait pas le moins du monde embarrassé. Quand ils déposèrent leurs bagages dans la chambre, Peio, par courtoisie, se rendit à la piscine, abandonnant de bonne grâce la salle de bains à Meguy.

Après une interminable douche, Meguy apprêtée rejoignit Peio pour lui annoncer la disponibilité de la salle d'eau qu'il se hâta d'investir. Il ne perdit pas de temps et une vingtaine de minutes plus tard, il se dirigeait vers la pergola de l'hôtel, où Meguy était confortablement assise, le regard lointain, perdue dans ses pensées.

— Que faites-vous, ainsi délaissée, charmante demoiselle ?

À ces mots, Meguy sourit et tourna la tête dans sa direction. Elle resta un instant, médusée par sa beauté à la sortie du bain. Ses cheveux humides tombant sur les épaules, son visage fraîchement rasé et son eau de toilette ensorcelante la firent presque rougir de confusion. Elle cacha du mieux possible son trouble et se donna de la confiance en détaillant sa tenue. Vêtu d'un jeans noir et d'une chemise assortie, sa peau bronzée ressortait, mise en valeur par un large sourire éclatant qui illuminait son visage. Elle détourna le regard, saisie par la sensualité qu'il dégageait. Peio ne remarqua pas l'effet qu'il produisit sur sa compagne ou du moins, sa discrétion l'honora. Il s'approcha d'elle et l'invita à quitter son siège. Ainsi, main dans la main, ils se rendirent dans le centre-ville pour dîner. L'obscurité envahissait peu à peu le jour, dégageant une ambiance romantique sur la petite ville de Taormina, d'une rare splendeur qui, située au pic d'une colline, offrait une vue panoramique sur l'Etna. Déambulant allégrement dans ses rues au climat festif, le couple s'installa à la terrasse d'un café et dégusta le fameux *Sprtiz Aperol*, le cocktail à la mode du moment.

— Qu'allons-nous découvrir sur Victor ?

Peio la regarda étrangement.

— Peut-être rien… Ou alors… la vie trépidante d'un baroudeur… Ou encore le repenti d'un assassin… Qui sait ?

Meguy fit la grimace.

— Ma grand-mère est persuadée de l'innocence de Victor…

— J'espère qu'elle ne se trompe pas…

— Comment peux-tu envisager autre chose de ton grand-oncle ?

— Je n'ai pas d'avis… Nous ne pouvions jamais entamer le sujet à la maison et si quelqu'un du clan dérogeait à la règle, *Amatxi*, coupait court la conversation. De sorte que Bixente et moi avons fantasmé de nombreuses années sur Victor, lui inventant des tas d'aventures extraordinaires. Nous l'avions même imaginé pêcher la baleine près des côtes américaines…

— Pourquoi pas ?

Peio mit fin à leur échange en l'entraînant à nouveau dans les ruelles Siciliennes. Il acheta un triskèle, l'emblème de la Sicile et l'offrit à Meguy en guise de porte-bonheur.

— Merci Peio, mais elle est légèrement effrayante, ne trouves-tu pas ?

— En effet, elle représente une tête de méduse avec un nœud de serpent autour du cou et trois jambes repliées… Elle n'est pas si vilaine, après tout… Elle ressemble à tant de femmes !

Meguy aurait dû sourire à la boutade de Peio, mais elle se représenta Maïder et eut de légers frissons sur tout le corps. Il s'imagina qu'elle frissonnait en raison de la fraîcheur tombante et pour la réchauffer, passa son bras sur ses épaules. Meguy sentit la chaleur de Peio contre elle et fut perturbée par sa proximité.

Elle se reprocha de ressentir ce type d'émotions envers le frère de Bixente, alors que son cœur battait encore pour lui. *Mais Bixente ne voulait plus entendre parler d'elle… Lui-même lui avait posé la question : vivrait-elle une relation amoureuse avec Peio, s'il n'existait pas ?*

Ses pensées la dérangeaient et pour se sentir à son aise et y voir plus clair dans son esprit, elle se détacha du jeune homme et s'écarta de lui. Cet éloignement n'entama pas la bonne humeur de Peio et ce fut avec la plus grande attention qu'il l'invita à dîner dans un restaurant italien, spécialisé en poissons et fruits de mer. Les photophores, le jardin arboré et la musique douce accentuèrent les doutes de Meguy. Sous le charme des chandelles, Peio redoubla de séduction et pour la première fois se livra à cœur ouvert :

— Je suis fatigué, Meguy… de passer de fille en fille, de bras en bras… J'ai besoin de stabilité… M'éveiller chaque matin avec la femme que j'aime et nourrir avec elle des projets communs… Penser à agrandir la famille.

Quand il s'arrêta de parler, Meguy aperçut un léger voile de tristesse dans ses yeux noirs. Elle comprit son mal-être et eut de l'empathie pour lui. Sa famille venait de voler en éclats par sa faute et il était le traître qui avait rejoint le clan de la petite Anglaise. Elle eut les larmes aux yeux et avec compassion, posa sa main sur la sienne. Il ne profita pas de l'occasion et se contenta de la regarder.

Qu'était-elle en train de faire ? Elle se laissait séduire par le frère de l'homme qu'elle aimait et qu'elle détestait à la fois plus que tout au monde…

Au terme du dîner, ils se promenèrent jusqu'à la Piazza IX Aprile où se rassemblaient amis, familles, artistes, chanteurs de rue… pour écouter de la musique, manger une gelatéria, admirer la vue ou immortaliser leurs souvenirs en prenant des photographies. Peio reconnut la mélodie romantique d'une chanson d'Eros Ramazotti et entraîna sa compagne dans une danse sensuelle auprès d'autres couples qui évoluaient au centre de la place. Meguy ferma les yeux et savoura ce court instant de répit. Peio resserra son étreinte et embrassa ses cheveux. Elle ressentit la nervosité et la tension du jeune homme et se fit la remarque que *Sous ses traits assurés et décontractés se cachait une grande sensibilité.* Meguy se raisonna et repoussa gentiment Peio. *Elle ne pouvait pas le laisser espérer, elle n'en avait pas le droit… Elle ne pouvait pas le faire souffrir, elle l'aimait trop pour ça.* Elle se dégagea sans violence et tous deux s'éloignèrent de la piste de danse.

Accoudée à la balustrade, muette, elle en profita pour admirer la vue. Peio la prit par les épaules, l'obligeant à lui faire face.

— Que se passe-t-il Meguy ?

Des larmes se mirent à ruisseler sur ses joues. De ses yeux verts, elle l'implorait du plus profond d'elle-même.

— Je ne peux pas, Peio ! Je ne dois pas !

— Mais pourquoi, Meguy ?

— Bixente !

Le regard de Peio se durcit. Il lâcha Meguy à contre-cœur.

— Mais, je t'aime, moi !

Meguy pleurait de plus belle. Il s'approcha à nouveau d'elle.

— Ne t'inquiète pas, je survivrai… Je ne t'obligerai jamais à faire ce que tu ne souhaites pas, Meguy…

Il se pencha vers elle et effleura ses lèvres. Meguy ferma les yeux, elle entendait son cœur battre dans sa poitrine, elle ne le repoussa pas mais ne répondit pas non plus à son baiser.

Tout était tiré au clair, à présent, pensa-t-elle… Il faudrait qu'elle pense à se protéger davantage. Elle se sentait affaiblie par les récents évènements, sans quoi, elle n'aurait pas été charmée par le jeune homme, se dit-elle.

La cohabitation dans la chambre se passa galamment. Peio prit des distances et ne tenta pas de séduire la jeune femme. Cependant, Meguy eut des difficultés à trouver le sommeil, elle tourna et tourna dans son lit, se posant des dizaines de questions et tentant de se rassurer sur son faible pour le jeune homme. *Après tout, elle était jeune et sa relation avec Bixente était terminée. Il était difficile de résister au sex-appeal de Peio. Aucune jeune femme ne se refusait à lui, sauf elle, Meguy Bourne.* Tout à coup, elle se souvint des paroles de Louise :

« C'est difficile de choisir entre l'un ou l'autre, hein, ma fille ? Ils sont aussi beaux et attachants, l'un que l'autre. À ton avis, pourquoi sont-ils toujours célibataires ? Ils ont toujours été en rivalité depuis l'enfance. Lorsqu'une fille tombe amoureuse de l'un, elle tombe amoureuse de l'autre. Mais ça se termine *toujours de la même manière… Elles disparaissent et les deux frères sont toujours ensemble… »*

Aimait-elle toujours Bixente ? Au souvenir de ses baisers brûlants, de ses sourires charmeurs et de leur entente physique, le cœur de Meguy se serra. *Pourquoi s'était-il comporté si violemment avec elle ? Il ne lui avait même pas laissé l'occasion de se défendre et de lui relater l'histoire de Victor et d'Hélène.* À force de se torturer l'esprit, Meguy trouva enfin le sommeil et ses dernières pensées furent pour Peio. *Pourquoi n'irait-elle pas se réfugier dans son lit et se blottir contre son torse et ses bras musclés ? Pourquoi ne se laisserait-elle pas aimer par l'irrésistible jeune homme et découvrir l'amour dans d'autres bras ?* Mais une petite voix, la voix de la morale, de la sagesse, de l'éducation la ramena à la raison. *Elle devait résister si elle ne voulait pas perdre Bixente à tout jamais…*

À son réveil, elle eut la surprise de se retrouver seule dans la chambre. À son grand désarroi, Peio avait disparu… Elle se leva d'un bond et se rendit sur le balcon où, elle l'aperçut, occupé à nager dans la piscine de l'hôtel. Elle laissa échapper un soupir de soulagement, elle avait imaginé qu'il l'avait abandonnée…

Meguy profita de son absence pour prendre une douche et se préparer pour le petit-déjeuner. Apprêtée d'une robe courte jaune pâle aux fleurs d'hibiscus de couleur blanche, elle rejoignit Peio qui en avait terminé avec sa séance de sport.

— Bonjour Meguy !

— Bonjour, Peio, répondit-elle, le plus spontanément possible.

— Tu peux aller prendre le petit-déjeuner, je me sèche rapidement et je te rejoins.

— Très bien, ne tarde pas trop !

Leurs bagages savamment pliés et rangés dans le coffre de la voiture, ils choisirent de se rendre sur les ruines du Théâtre grec qui, construit par les Grecs et réaménagé par les Romains avec l'intention de l'utiliser pour leurs jeux du cirque, restait en bon état de conservation. Du site, ils admirèrent en silence le panorama qui offrait une vue inestimable sur l'Etna et la côte Sicilienne. Ils contemplèrent le Volcan et décidèrent de prendre la route sans omettre de faire une escale au pied du légendaire Etna… Leur véhicule abandonné sur l'immense parking, ils utilisèrent un téléphérique pour se rendre au premier niveau de l'ascension du volcan. Un vent froid les surprit et les enveloppa. N'ayant pas prévu de vêtements adéquats, ils se dirigèrent vers les petites boutiques du site pour faire l'acquisition de vestes polaires. Ainsi apprêtés et légèrement réchauffés, ils jetèrent un regard sur le paysage singulier qui s'offrait à eux où du basalte noir était omniprésent. De nombreux cratères laissaient apparaître leur bouche béante, créant ainsi une ambiance particulière. L'ascension fut périlleuse. Ils furent rapidement essoufflés par la pente abrupte et des difficultés à respirer. Meguy résista en s'accordant nombreuses haltes car sous ses pieds roulaient de nombreuses pierres qui lui faisaient perdre l'équilibre à chaque nouveau pas. En jetant un coup d'œil à Peio, elle s'aperçut qu'il grimpait avec l'agilité d'une chèvre. Alors pour se donner du courage, elle utilisa une tactique de jeu qu'elle avait l'habitude d'exercer avec frivolité dans son enfance. Elle se lança un défi : si elle parvenait au sommet, elle obtiendrait inévitablement des nouvelles de Victor ! Son petit stratagème eut de l'effet et l'encouragea à se dépasser pour réaliser son challenge. Quand elle arriva à la hauteur de Peio, elle était épuisée, mais satisfaite d'être arrivée au sommet. Le vent soufflait plus violemment sur le pourtour étroit du cratère recouvert de pierres de basalte noir et rouge. Meguy regarda dans le fond, souhaitant apercevoir un trou béant ou une lave bouillonnante jaillirait des profondeurs de la terre mais elle ne distingua qu'une légère végétation. Le vertige et le vent mêlés à l'odeur étouffante du soufre les poussèrent à redescendre quasi immédiatement. Avant d'entreprendre leur descente qui fut aussi périlleuse que leur ascension, ils scrutèrent les alentours et aperçurent à nouveau une multitude de cratères plus larges et plus hauts les uns que les autres. Meguy manqua de tomber à plusieurs reprises mais cette fois, Peio resta à ses côtés et ses bras musclés la maintinrent sur le chemin. Ils touchèrent enfin la terre ferme avec soulagement.

— Ce n'est pas aussi vert que le Pays basque, mais la balade en vaut le détour. On dirait un paysage lunaire, l'atmosphère est unique…

— Le climat est déroutant, tout en étant attirant, presque effrayant ! répondit Meguy.

Le couple courut se réfugier dans la voiture pour se réchauffer et quelques instants plus tard, s'éloigna de l'Etna. Dans un dernier regard, ils s'imprégnèrent du climat singulier qui venait de les subjuguer. Ils prirent la direction de Céfalù où ils avaient réservé un charmant hôtel du centre-ville et chacun eut ses appartements personnels. Ils se quittèrent, le temps de faire un brin de toilette et d'ôter la poussière noire de leurs corps et de leurs vêtements pour se retrouver à la réception, prêts à fouiller la cité de fond en comble, si nécessaire. Leurs recherches débutèrent par la visite de tous les commerces où Peio communiqua dans un Italien convenable. Le temps étant passé, ils n'obtinrent aucune information sur Victor et Garou. De plus, de nouveaux commerces avaient fait leur apparition, gérés pour la plupart par des Palermitains. Personne ne semblait connaître un ancien *docker* avec le tatouage d'une gorgone sur l'avant-bras…

La nuit commençait à prendre possession des lieux et les jeunes gens étaient las, éreintés par leur ascension de l'Etna, la route les menant jusqu'à Céfalù et leurs investigations non fructueuses. Ils étaient surtout affamés… Leur dernier repas remontait au petit- déjeuner, qui était loin déjà. Ils choisirent de mettre en suspens leur chasse à l'homme jusqu'au lendemain et profitèrent d'une table disponible à la terrasse d'une *trattoria.* Peio commanda une énorme *pizza* napolitaine et Meguy se laissa tenter par des lasagnes aux trois fromages. Ils salivèrent devant leurs plats appétissants et calmèrent leurs estomacs en engouffrant de généreuses portions tout en observant les rues animées de monde qui créaient un charivari assourdissant.

— Comment se fait-il que tu parles aussi bien l'italien ?

— Ah… Je parle pratiquement couramment l'espagnol et les deux langues se ressemblent… Et, j'ai eu une petite copine italienne ! Grazziella ! Elle était… Avec des seins !

Meguy secoua la tête mais ne put s'empêcher de sourire.

— Et… Où est donc passée cette sulfureuse Grazziella ?

— Ah, c'est toute une histoire…

— C'est trop personnel ?

Peio stoppa un instant la dégustation de sa *pizza* pour se consacrer à Meguy.

— Rien n'est trop personnel pour toi, Meguy… À vrai dire, je l'ai piqué à Bixente… Il donnait des cours de surf dans une école à Biarritz et Grazziella était son élève. Elle a succombé à son charme… mais elle ne m'avait pas encore rencontré ! Un soir où Bixente était absent, elle en a profité pour me sauter dessus…

Meguy haussa les épaules et se mordit la lèvre inférieure.

— Et Bixente, dans tout ça ?

— Le lendemain, je lui ai tout raconté… Au début, il l'a mal pris… puis il a éclaté de rire. Il est allé se consoler dans les bras de Gaby !

Meguy reçut un coup de poignard en plein cœur en imaginant Bixente et Gaby enlacés. Elle retint du mieux qu'elle put la douleur qui comprimait sa poitrine. *En était-il de même aujourd'hui, Bixente se distrayait-il avec Gaby ?* Elle garda sa pensée secrète et fit de son mieux pour donner le change à Peio.

— Ton attitude était certes, cavalière… Qu'en penses-tu ?

— Ah ! mais tu défends encore mon cher frère… Aurais-tu toujours des sentiments pour lui ?

Meguy haussa à nouveau les épaules.

— Et Grazziella, qu'est-elle devenue ?

— Nous avons passé un superbe été ensemble. En septembre, elle est retournée à Florence. Nous avons correspondu quelques mois, puis les premières vacances… Les nouvelles vacancières…

Meguy lui sourit mais ne répondit pas et mit fin, en quelque sorte, à la discussion. Chacun était retourné dans ses réflexions. Les jeunes gens étaient légèrement déçus de n'avoir pas obtenu de nouveaux indices à ce jour, mais ils firent de leur mieux pour ne pas se laisser envahir par des pensées négatives. Ils étaient conscients de la chance qui les avait accompagnés jusque-là. Une bonne nuit réparatrice devrait avoir raison de leur fatigue et les remettrait certainement sur pied.

À leur réveil, Meguy et Peio étaient toujours d'humeur maussade et ne savaient plus très bien où diriger leurs recherches.

— Lorsque tout va mal, mon remède principal est le sport ! lui confia Peio.

Meguy leva un sourcil et le regarda sans ouvrir la bouche, l'invitant à poursuivre.

— Bien oui, Meguy ! Le sport provoque du bien-être et grâce aux efforts fournis, il construit un mental d'acier qui permet d'avoir la force de tout surmonter.

— Je suis d'accord avec toi, que proposes-tu ?

— Ça !

Du doigt, il lui désigna la falaise qu'il désirait gravir. Appelée *La Rocca* par les habitants de Céfalù, le rocher culminait à plus de deux cent quarante mètres de haut et Meguy eut un petit sifflement admiratif.

— Partante ! Après l'Etna, ça ne devrait être qu'une promenade…

Méguy n'aurait pas dû exprimer sa remarque à haute voix, car la pente était abrupte et il était plus judicieux d'entreprendre son ascension tôt le matin pour éviter la chaleur suffocante de la journée. Les jeunes sportifs comptèrent sur leurs cuisses musclées pour les hisser au sommet et après maints efforts, ils accédèrent au point culminant. Haletants, ils se laissèrent cependant envahir par l'éclat de la mer Thiréenne étalant son bleu intense à perte de vue qui contrastait avec la blancheur des murs des petites maisons des villages de Céfalù et de Capo d'Orlando. Au loin, ils aperçurent les sommets des montagnes Madonie. Peio rompit le silence :

— Regarde, la marina, à l'est ! C'est par là que nous aurions dû commencer…

— C'est une excellente idée, répondit Meguy. Es-tu certain de n'avoir trouvé aucune information sur le net, sur la famille Battagliola ?

— Absolument rien… ni sur les réseaux sociaux ni sur Google…

— Et si nous allions dans une église questionner un prêtre ? Peut-être sera-t-il à même de nous fournir des renseignements ? Qu'en penses-tu ?

Peio émit un sifflement avant de répondre :

— Je pense que le sport rend intelligent répondit-il en lui faisant un clin d'œil. Il lui tendit la main, l'entraînant à redescendre. Tu viens, on va voir le curé !

— Je te suis… mais, dès que mes pieds foulent le sol du village, je cours sous la douche ! Je suis en nage… Ensuite, à nous trois, Garou !

Tout comme à l'Etna, la descente de la falaise fut plus rude que la grimpée en raison de la chaleur devenue suffocante. Il fallait rester constamment sur ses appuis et faire extrêmement attention de ne pas glisser. Meguy fut vigilante et veilla à ne pas être à grande distance de Peio.

— Tu deviens une vraie sportive !

— Je m'accroche Peio ! Tu as raison, je me sens bien dans mon corps et dans ma tête quand j'arrive à me dépasser physiquement.

Le curé était plus jeune qu'ils ne l'auraient espéré et devait en l'occurrence ne pas connaître les vieilles familles de Céfalù.

Leur désappointement dû se lire sur leur visage car après les explications sommaires de Peio, il eut la ferme volonté de les aider du mieux possible. Ils n'eurent pas d'autre choix que d'assister à l'office dans la célèbre cathédrale de la ville construite par le premier Roi Normand Roger II. Tandis que Peio était attentif et respectait la liturgie de la messe, Meguy resta en admiration devant la mosaïque sous fond doré du Christ Pantocrator[3] représenté avec des traits humains. Son regard était doux et paisible. Un regard chargé d'amour et d'espoir.

À la fin de son service religieux, le prêtre rejoignit le couple au milieu des bancs et interrogea Peio, afin d'obtenir davantage de détails sur les raisons de leur enquête. Peio se sentit obligé de relater l'histoire de Victor et d'Hélène au prêtre qui écoutait les explications du jeune homme, tout en faisant de drôles de mimiques. Aussi, Peio eut-il extrêmement de mal à garder son sérieux devant son attitude hilarante qui lui rappela Don Camillo et ses scènes burlesques.

— Je connais cette famille ! Je suis né ici… Je suis descendant d'habitants de Céfalù de pure souche, tout comme les Battagliola dont il ne reste que très peu de membres… De nos jours, la majorité vit à Palerme… Suivez-moi ! leur enjoignit-il, en leur emboîtant le pas. Je vais vous conduire chez l'un d'entre eux et nous verrons bien, s'il peut vous venir en aide…

Tous trois traversèrent Le Corso Ruggeo encombré de touristes pour se diriger vers le port. À quelques centaines de mètres de celui-ci, le prêtre s'arrêta devant un atelier de réparation d'automobiles où une petite Autobianchi orange au

---

[3] Sœur M. Bruno (clarisse de Vandœuvre-lès-Nancy) / https : //www.catholique-nancy.fr/repartir-du-christ/lart-ecole-de-priere/connaitre-le-christ-le-pantocrator-de-cefalu

capot ouvert gisait le long de la chaussée. Il entra et salua un homme brun, à la stature imposante et à la mine patibulaire. Il portait une combinaison bleue nouée à la taille et son torse était à peine couvert d'un marcel dont la blancheur remontait à des lustres. Il posa un regard mauvais sur eux et instinctivement, Peio prit la main de Meguy dans la sienne. Le garagiste fit bouger la cigarette qu'il tenait dans un coin de sa bouche, s'essuya les mains dans un chiffon noir de cambouis pour saisir son mégot et s'approcher d'eux. Devant son air menaçant, Meguy recula d'un pas, le pouls en accélération. Peio se plaça devant la jeune femme et du regard inspecta les lieux. Ses acolytes avaient levé le nez de leurs moteurs et les regardaient avec tout autant de malveillance.

— Que lui voulez-vous à Garou ?

— Vous le connaissez ?

— *Force bene*[4] !

Il se tenait maintenant à la hauteur du couple et reluquait Meguy d'un œil lubrique qui l'incommoda… Peio avait du mal à contenir son exaspération. Il lui faisait face, ne se laissant pas impressionner par le mastodonte et ses chiens de garde. Le prêtre gesticulait en tous sens, sentant l'ambiance se dégrader et en appelait à la Sainte Vierge et à tous les saints de les résonner et de faire revenir le calme. En reculant, Meguy se cogna contre un mur du garage couvert de toiles d'araignées. Sous le choc, un cadre se décrocha et tomba à ses pieds. Elle se baissa, le ramassa et se confondit en excuses dans sa langue maternelle. Elle tenait dans ses mains un vieux cliché, jauni par le temps. Elle le replaça parmi les autres et les regarda inconsciemment. Son attention s'arrêta sur une photographie en particulier où elle reconnut Victor en compagnie d'un homme au bras tatoué d'une gorgone.

---

[4] Peut-être, bien !

Ils réparaient une Fiat 850 coupé et souriaient, tenant la pose avec des clés à molette dans les mains. Meguy mit ses doigts sur sa bouche et tournant la tête, aperçut les autres hommes s'approcher de Peio. Subitement, elle ouvrit son sac à main et sortit précipitamment le portrait de Victor. Elle se mit à crier en leur tendant la photographie.

— C'est Victor, je le reconnais !

L'abbé s'approcha en premier, soulagé que la tension redescende d'un niveau. Il montra le cliché au garagiste qui prit enfin la peine d'écouter ses arguments. Après de longues minutes d'un récit animé, le garagiste leur fit signe d'attendre. Il se dirigea vers un bureau à la porte vitrée où ils le virent composer un numéro de téléphone. Le laps de temps qui s'écoula leur parut une éternité. Le garagiste revint vers eux leur annoncer qu'ils allaient être reçus à l'étage. Le prêtre était plutôt satisfait et pour le remercier le bénit d'un signe de croix. En d'autres circonstances, la scène aurait paru cocasse aux jeunes gens, mais un sentiment d'insécurité les avait refroidis. Peio murmura à Meguy :

— Je préfère que tu m'attendes à l'extérieur…

— Hors de question, je ne te laisse pas seul dans ce coupe-gorge !

— J'insiste, c'est plus prudent…

— Ce n'est même pas la peine d'y penser…

Meguy releva la tête d'un air volontaire qui fit sourire Peio et détendit le prêtre. Le garagiste rendit sa photographie à Meguy et leur fit traverser une petite cour pour les faire pénétrer dans une maison cachée de la rue par le garage.

— Je croyais que nous devions être reçus à l'étage…

Un vieux monsieur les attendait, accoudé à une table couverte d'une nappe en toile cirée, où des motifs imprimés de cervidés, de faisans ensanglantés et de chasseurs leur laissèrent présager le profil aux pulsions mortifères du propriétaire des lieux. Il leur proposa de prendre place sur de lourdes chaises en bois massif. Meguy n'osait pas tourner la tête pour inspecter les lieux mais elle eut le temps avant de s'asseoir, de voir un trophée de chasse suspendu sur un des murs de la pièce. Elle n'était toujours pas rassurée mais elle se laissa séduire par l'attitude charismatique de leur hôte. Tout en s'asseyant à son tour, il retroussa ses manches et laissa apparaître le tatouage d'une gorgone. Sous la table, Peio et Meguy s'attrapèrent la main et échangèrent un regard complice empli d'une lueur victorieuse au fond des yeux. Peio aidé du prêtre lui expliqua le but de leur visite. Garou, à l'évocation de son vieil ami Victor, parut ému et quitta son armure pour leur raconter avec affection ses derniers moments en sa compagnie. Il ne l'avait pas vu depuis une trentaine d'années, suite au divorce d'avec sa cousine Augusta… Ils s'étaient mariés à Palerme et après l'avoir quittée, Victor s'était volatilisé… L'oiseau s'était envolé…

— En Sicile, la famille, c'est sacré… Mon camp était choisi d'avance.

— Peut-être l'ont-ils fait disparaître ! chuchota Meguy à Peio.

Peio l'écouta mais ne répondit pas.

Garou leur fournit l'adresse d'Augusta, qui n'avait pas changé depuis son mariage avec Victor. Il leur conseilla de lui rendre visite de sa part. Puis dans un geste inattendu, il posa sa main sur celle de Meguy.

— Vous êtes la petite-fille de la belle Hélène… Vous avez les mêmes yeux… Nous étions tous un peu amoureux d'elle grâce à la photographie de Victor qu'il gardait précieusement dans son portefeuille. Nous enviions tous un peu cet amour hors du commun… J'ai tellement entendu parler d'elle. Hélène était son grand amour…

Meguy lui sourit gentiment et tout en prenant congé le remercia pour ses précieuses informations. Lorsqu'ils traversèrent le garage pour retourner dans la rue, le climat avait changé. Le garagiste patibulaire et ses mécaniciens renfrognés les saluèrent jovialement. Le curé se comporta comme un messager divin ayant accompli une bonne action et les jeunes gens ne furent pas mécontents de se retrouver sains et saufs sur l'asphalte de l'avenue ensoleillée.

Les coordonnées d'Augusta en poche et après avoir pris congé du prêtre, le couple ne perdit pas de temps… Ils plièrent leurs bagages et prirent la direction de Palerme. L'ex-femme de Victor résidait dans le centre historique de la ville, rue Vittoria Emmanuelle, à deux pas de la cathédrale et du Palais des Normands. Arrivés dans la capitale Sicilienne, ils laissèrent leur véhicule sous la vigilance d'un pseudo-gardien dans un parking public. Meguy et Peio se dirigèrent vers le carrefour des Quattro Canti, réputé pour son style baroque et l'originalité de sa forme octogonale. Après avoir admiré de la terre vers le ciel, les façades réalisées entre 1609 et 1620, ils se laissèrent charmer par les fontaines représentant les quatre cours d'eau anciens de la ville. Celles-ci étaient décorées pour chacune par les statues d'Eole, de Venus, de Bacchus et de Ceres en référence aux quatre saisons. Leur regard monta les étages. Il se porta sur les quatre rois espagnols de Sicile Charles Quint, Philippe II, Philippe III et Philippe IV. Ils terminèrent enfin leur ascension sur les quatre saints protecteurs de la ville, Agathe, Ninfa, Oliva et Cristina, le tout couronné du blason des rois d'Espagne.

Par la suite, ils bifurquèrent sur leur gauche et longèrent la rue Vittoria Emmanuelle, jusqu'au vieil immeuble où résidait la fameuse Augusta. Une petite cloche à l'entrée de la porte principale faisait fonction de sonnette. Ils firent tinter la clochette et peu de temps après, une dame corpulente aux cheveux noirs bouclés parut à une des fenêtres du premier étage.

— C'est pour quoi ?

— Bonjour, nous venons de la part de Garou. Nous souhaiterions vous poser quelques questions sur Victor…

— Garou ? Cela fait un bail que je n'ai pas vu mon vieux cousin ! Et Victor ? Cela fait une éternité que je n'ai pas entendu ce prénom ! Vous êtes qui ?

— Je suis Peio, le petit-neveu de Victor !

Augusta le détailla, puis lança un regard inquisiteur à Meguy et parut satisfaite de son inspection.

— Bien, bien, je descends vous ouvrir !

Augusta était plus jeune que Victor d'au moins une dizaine d'années. Elle n'était pas très grande et était vêtue de noir. Tout était noir chez elle, ses cheveux coupés courts, ses yeux, ses cernes et même l'extrémité de ses mains avait une couleur noir violacé. Ils la suivirent dans un vieil escalier qui ne tenait accroché que par l'opération du Saint-Esprit. Chaque marche grinçait sous leurs pas et manquait de s'effondrer. Les murs étaient vétustes, la peinture s'effritait et laissait place à la moisissure. Ils entrèrent dans une pièce qui servait de cuisine et de salon à la fois et furent surpris de la discordance avec les parties communes. L'intérieur était d'une propreté immaculée et les jeunes gens se sentirent en confiance dans cet espace qui laissait présager les qualités de femme d'intérieur d'Augusta. De vieux meubles en bois de différents styles ornaient la pièce. Ils étaient recouverts pour la plupart de napperons faits au crochet. De nombreux bibelots d'un bleu indigo attiraient le regard et étaient censés égayer la pièce. Un vieux sofa aux couleurs usées, rehaussé par les tons vifs d'une couverture en laine, reposait contre un mur entre deux grandes fenêtres. Un téléviseur dernier cri posé sur une table à roulettes laissait supposer le loisir principal de la propriétaire. L'ensemble était modeste mais apportait un certain charme au lieu. Peio expliqua le but de sa visite et Augusta lui rit au nez. Cela faisait des décennies qu'elle n'avait plus de nouvelles de Victor…

— Nous nous sommes mariés en 1972, le 22 juillet exactement. Victor avait quinze ans de plus que moi. Il a pu rester en Sicile et trouver un vrai emploi comme *pizzaiolo* dans un restaurant… dans la rue d'à côté, qui n'existe plus de nos jours… Nous n'étions pas riches. J'étais serveuse dans un autre restaurant et nous arrivions ainsi à payer notre loyer et à éduquer mon fils.

— Vous avez eu un enfant avec Victor ?

— Non, Roman était mon fils. À dix-sept ans, mon père m'a confiée à une famille de bourgeois palermitains en tant que domestique. L'homme de la famille m'a charmée et vous imaginez la suite… Je suis rentrée chez ma famille avec mes bagages et un bambin dans les bras. Ainsi, je suis devenue le déshonneur incarné. Mon père m'a ouvert la porte mais ne m'adressait plus la parole. Mes frères et mon cousin Garou ont flanqué une correction au père de Roman, mais ça n'a rien changé. Bien au contraire, ils ont été poursuivis en justice et c'est pourquoi Garou a quitté la Sicile. À contrecœur, j'ai laissé le petit durant quelques années à mes parents. Quand j'ai épousé Victor, j'ai pu de nouveau m'en occuper. Victor avait rétabli mon honneur.

— Combien de temps êtes-vous restée avec Victor ? demanda Peio

— Pas longtemps… Dix belles années ! répondit-elle en soupirant.

Elle prit un cadre posé sur le buffet et leur tendit sa photographie de mariage. Meguy reconnut Victor en costume noir, chemise blanche et cravate noire qui tenait avec fierté par la taille une superbe jeune femme aux cheveux bruns ondulés, aux yeux de biche et aux longs cils recourbés. Elle regardait l'objectif avec insolence. Augusta se tourna vers Meguy avec envie.

— J'étais jeune et belle et j'avais tout l'avenir devant moi…

— Garou nous a dit que vous étiez divorcés…

— C'est exact ! J'ai mis Victor à la porte sur un coup de sang et je le regrette encore à ce jour. Je l'aimais à la folie. La vie avec lui était un véritable tourbillon. Il était toujours de bonne humeur. Il chantait quotidiennement et en plus, il était gentil avec mon bambin.

Peio la regarda avec surprise.

— Si ce n'est pas indiscret, pourquoi avoir rompu alors ?

— Par jalousie, tout simplement. La jalousie est un mal qui vous ronge et vous transforme…

Augusta leva son gros bras et secoua sa main d'un geste rageur. Elle leur sourit à nouveau, laissant apparaître quelques trous à la place des dents. Elle avait bien changé et ne ressemblait plus en rien à la superbe femme pulpeuse de la photographie.

— Vous comprenez, Victor ne m'aimait pas assez… Il m'aimait à sa façon mais son cœur était déjà pris… Dans son portefeuille, et dans son tout son être, une autre femme avait la place d'honneur. C'était une Anglaise et ça pour une Sicilienne, c'était impensable et impossible à vivre.

À ces mots, Meguy rougit légèrement et tenta de cacher son trouble du mieux possible. Augusta ne remarqua pas l'émotion de la jeune femme.

— J'avais rencontré Victor au garage du père de Garou. Il avait le nez dans le moteur d'une fourgonnette. Quand Victor a levé la tête, j'ai vu le plus bel homme de la terre. Il avait du cambouis sur la joue et avec mon mouchoir, je lui ai essuyé le visage. Il a pris ma main et m'a détaillée de la tête aux pieds. Je me souviens très bien, je portais une robe noire à pois blancs avec des volants qui épousait mes formes, des chaussures à talons compensés de couleur rouge pour égayer ma tenue et une ceinture assortie pour dessiner ma taille fine. Victor ne lâcha pas ma main et dit à mon oncle sous le ton de la plaisanterie qu'il venait de rencontrer Gina Lolo Brigida ! Mon oncle avait éclaté de rire et lui avait fait la remarque de se taire car j'allais prendre son compliment au sérieux… Pour toute réponse, Victor me fit un clin d'œil et un baise-main. J'étais sous le charme. Il me le fallait à tout prix et je peux vous dire qu'à l'époque, aucun homme ne me résistait. Tous les vendredis soir, je rejoignais Céfalù pour y passer le week-end et le voir. Il finit par comprendre mon intention et m'invita à dîner. Garou le mit en garde : j'étais sa cousine et il ne pouvait pas s'amuser de moi. Je pense que c'est pour cette raison qu'il m'a rapidement demandée en mariage.

Augusta marqua un point d'arrêt et reprit.

— J'ai prié Sainte-Rosalie, jour après jour pour qu'il revienne mais il n'est jamais réapparu. J'avais franchi le pas, tant pis pour moi, je devais assumer ma bêtise. Jusqu'à la majorité de mon fils, il m'a envoyé chaque mois une pension alimentaire qui m'a aidée à financer ses études. Maintenant, Roman est chirurgien à

Florence et il ne regarde plus sa vieille mère. Ainsi va la vie… Il est heureux, marié à une bourgeoise, c'est le principal.

Peio et Meguy échangèrent un regard et eurent de la peine pour elle.

— Savez-vous où nous pourrions le trouver ?

— La dernière fois que j'ai eu de ses nouvelles, il vivait au sud de l'Espagne en Andalousie.

— En Andalousie ! répéta Peio, effaré.

Il espérait que Victor n'allait pas les entraîner à sa poursuite dans tous les pays européens… Peio traduisit les informations à Meguy qui se sentait coupable de réveiller de vieilles histoires avec leurs lots de souffrance. Pour éviter de faire de la peine à Augusta, il ne mentionna pas l'identité de Meguy. Augusta se leva et marcha péniblement jusqu'à son buffet et revint s'asseoir, un répertoire à la main. Elle le tendit à Peio et lui demanda de chercher l'adresse de Victor. Il s'exécuta prestement malgré ses mains moites et son cœur qui s'emballait. L'adresse indiquait un garage dans le petit village de Ronda. Meguy lui tendit son carnet de voyage pour qu'il note les coordonnées de Victor mais sans le vouloir il ouvrit une page où de sa belle écriture, elle avait recopié des vers de Louise Labé :[5]

« Je vis, je meurs ; je me brûle et me noie ;
J'ai chaud extrême en endurant froidure :
La vie m'est et trop molle et trop dure.
J'ai grands ennuis entremêlés de joie.
Tout à un coup je ris et je larmoie,
Et en plaisir maint grief tourment j'endure ;
Mon bien s'en va, et à jamais il dure ;
Tout en un coup je sèche et je verdoie.

[5] Je vis, je meurs ; je me brûle et me noie / Louise Labé

Ainsi Amour inconstamment me mène ;
Et, quand je pense avoir plus de douleur,
Sans y penser, je me trouve hors de peine.
Puis, quand je crois ma joie être certaine,
Et être au haut de mon désiré heur,
Il me remet en mon premier malheur. »

Étaient écrits à la suite du poème, ces quelques mots qui le firent chanceler légèrement :

« Pourquoi Peio est-il aussi attirant ? Je ne sais plus où j'en suis… »

Le temps se suspendit subitement. Ses yeux cherchèrent l'attention de Meguy. Il la sonda du regard, cherchant son approbation. Le moment était si intense qu'Augusta en resta bouche bée. Peio n'obtint pas la réponse recherchée. Meguy, embarrassée, détourna la tête et le jeune homme reçut une flèche en plein cœur.

Augusta s'adressa à Meguy avec son franc-parler :

— Ne joue pas la mijaurée, ne fais pas comme moi… Réfléchis bien, s'il t'aime, garde-le. Il n'y a pas beaucoup d'hommes bons, crois-en mon expérience.

— Que dit-elle ? Peux-tu traduire s'il te plaît ?

— Rien en particulier. Elle pense que nous sommes en couple… Elle nous souhaite d'être heureux…

Le couple prit chaleureusement congé d'Augusta et lui laissa un peu d'argent sur la table. Elle accepta bien volontiers leur geste, en leur disant que Dieu les avait conduits chez elle et qu'elle espérait qu'il les accompagnerait jusqu'à Victor. Peio et Meguy furent émus par l'histoire de son amour détruit par les ruines d'un passé inachevé. Lorsqu'ils se retrouvèrent dans la rue, aucun d'eux ne fit d'observations sur la découverte de Peio et pour se changer les idées, ils déjeunèrent dans un restaurant au milieu d'une petite place ombragée. Le désir de visiter la chapelle Palatine érigée à l'intérieur du Palais Normand leur rendit le sourire. Ainsi ils restèrent ébahis devant la richesse du lieu, par le savant mélange des styles roman, byzantin et arabe et des murs recouverts de mosaïque dorée.

— C'est époustouflant ! Ils n'ont rien à nous envier. Quel chef-d'œuvre !

— En effet, c'est magnifique... Le travail architectural est d'une grande qualité. Je reste tout de même dubitative quant aux richesses réunies pour obtenir ce résultat...

— Comme tu viens de l'évoquer, c'est ostentatoire mais c'est de l'investissement... Elle a été construite en 1132 et de nos jours, nous la visitons encore... Et d'autres générations, après nous, la visiteront à leur tour. Si elle n'était pas aussi exceptionnelle, elle ne représenterait qu'un simple édifice de culte et non de culture...

Meguy écouta Peio sans mot dire. À leur sortie, ils revinrent sur leurs pas et grimpèrent les marches de la cathédrale qui les menèrent jusqu'au clocher. Ils s'émerveillèrent du panorama de la ville et Peio proposa à Meguy une dernière visite avant de prendre une décision.

— Je souhaiterais visiter les catacombes des Capucins !

— Mouais, si tu veux... J'ai déjà visité les catacombes de Rome...

— Ah... Mais là, c'est exceptionnel ! Je ne suis pas certain qu'il existe un autre endroit semblable dans le monde.

Meguy parut intriguée et choisit de le suivre. Ils se rendirent à pied sur le site et, en effet, s'aperçurent à quel point le lieu était étrange...

Sous terre, d'immenses galeries étaient occupées par un nombre incalculable de momies vêtues de vêtements de différents styles. Elles étaient entreposées ci et là ou suspendues aux murs créant des décors inattendus. À l'époque, les morts de bonne famille étaient conservés dans ces lieux privilégiés et la coutume voulait, moyennant paiement, qu'ils soient changés régulièrement pour recevoir les visites de leurs proches. Le corps embaumé d'une petite fille prénommée Rosalia, décédée d'une pneumonie en 1920 à l'âge de deux ans était le clou du spectacle. Placé sous-verre, il fut la dernière momification expérimentée en ces lieux. *La mort fascinait toujours autant* pensa Meguy… Tous deux quittèrent les Capucins, légèrement ébranlés.

— Pour une fois, je trouve l'endroit assez comique. Il permet de relativiser la mort. Tout semble moins effrayant… Qu'en penses-tu Meguy ?

— Le corps de la petite Rosalia m'a glacé le sang. Je préfère le mythe des pharaons dans l'Égypte ancienne.

— C'est la même chose, ma chère. C'est juste le cérémonial qui te fascine… parce que retrouver ses viscères dans des jarres… Rien que d'y penser, j'en ai la nausée…

Meguy éclata de rire devant la figure déconfite de Peio.

— Sais-tu que Maupassant a décrit ces lieux à deux reprises avec précision dans un carnet de voyage intitulé *En Sicile* et qu'il a retranscrit son récit dans l'ouvrage *La vie errante* ?

— Ah… J'avais oublié que tu étais professeur de Littérature française… Ils ont un grain de folie, ces écrivains…

Meguy n'eut pas le loisir de répondre, Peio enchaîna d'un air solennel :

— Que faisons-nous Meguy ?

— Je ne sais pas… Devons-nous continuer ? L'image d'Hélène se profila devant les yeux de Meguy. Elle aurait tant aimé que sa grand-mère puisse revoir Victor avant de quitter ce monde.

— Que dis-tu d'aller en Andalousie ensemble ?

— En effet, il serait regrettable de nous arrêter en si bon chemin. Je suis partante…

En fin d'après-midi, les jeunes gens dînèrent dans le centre historique, à la table d'un restaurant, situé derrière la Cathédrale. Peio chercha sur le Net des vols à destination de Séville et en trouva un au départ de Catane. Il partagea ses recherches avec Meguy.

— Il y a des places disponibles dans deux jours en partance de Catane… Je te propose de nous rendre à Syracuse avant de quitter l'île. Qu'en penses-tu ?

— D'accord pour Syracuse ! J'en rêve et ensuite, bonjour l'Andalousie !

Catane se situant au sud de la Sicile et Syracuse à une cinquante de kilomètres à l'ouest, Meguy proposa à Peio de faire un léger détour vers Agrigente, la ville des Temples, vestige de l'Antiquité Grecque, classée au patrimoine mondial de l'UNESCO.

— Je suis ravi de partager l'aventure avec toi Meguy ! Demain au départ de Palerme, nous nous rendrons au sanctuaire de Sainte-Rosalie, la protectrice de la ville sur le mont Pellegrino.

Meguy le détailla et Peio s'expliqua :

— Le sanctuaire est une grotte où ses reliques sont exposées.

Les Palermitains et la majorité des Siciliens s'y rendent en pèlerinage pour prier et demander aide et protection.

— Tu souhaites te recueillir sur les reliques de Sainte-Rosalie ? s'exclama-t-elle.

— Éventuellement… L’endroit me fait penser à Lourdes, sa grotte et sa Sainte-Bernadette.

— Je ne te savais pas si pieux…

Peio éclata de rire.

— N’exagérons pas… Nous avons été éduqués dans la religion catholique et mes parents se rendaient à la messe le dimanche. Avec Bixente, nous avons été enfants de chœur !

Meguy pouffa de rire. Elle imaginait les garçons se disputer à celui qui servirait le vin de la messe au curé.

— Tu peux te moquer, ma chère ! N’es-tu pas croyante ?

— À vrai dire, je suis athée. Une majorité de mes compatriotes sont chrétiens, voire anglicans, mais mes parents n’étaient pas pratiquants et nous n’avons jamais abordé ce sujet. Ma grand-mère avait été forcée de suivre et d’intégrer une religion qu’elle n’avait pas choisie. Elle a donc été très permissive à ce sujet. Ma mère a choisi de vivre en dehors de toute religion. J’ai grandi sans croyances.

— Que représente la religion à tes yeux ?

— Une source de problèmes, créant des guerres, des conflits, du terrorisme et de l’obscurantisme. Pour moi, la religion est synonyme de terreur et de mésentente. Je préfère rester en dehors de ces considérations.

Peio émit un sifflement.

— Je crois en Dieu, ne pratique pas beaucoup et n’impose rien. Ma foi est personnelle. En l’occurrence, j’aime me retrouver dans des lieux de culte, au calme, où le sacré et la sérénité se rencontrent.

— Je suis d’accord avec toi quant aux lieux de culte… j’aime entrer dans des églises pour admirer le gigantesque travail artisanal et les superbes peintures qui les ornent. Cependant, la richesse de certains édifices me répugne quand je pense aux nombreuses personnes qui vivent dans la misère…

Peio acquiesça d'un signe de tête.

Le sanctuaire de Sainte-Rosalie se situait dans la réserve naturelle du mont Pellegrino, à quelques kilomètres de Palerme. D'après la légende, en 1144, suite à une apparition de la Sainte Vierge, la jeune Rosalie, alors âgée de quatorze ans aurait quitté sa famille pour vivre en ermite sur le mont. À sa mort, ses restes furent enterrés dans la grotte. En 1624, elle serait apparue à un chasseur, lui conseillant de déterrer ses reliques et de les promener dans la ville quasi anéantie par la peste. Le chasseur s'exécuta et le virus fut éradiqué. Dès lors, le mythe de Sainte-Rosalie apparut.

Le site était différent de Lourdes, beaucoup plus petit et restreint. Un couvent construit sous la roche préservait les restes de la sainte et une statue à son effigie la représentait allongée sur un lit à baldaquin. À la droite du sanctuaire, les pèlerins pouvaient prier devant la source où l'eau écoulée était récupérée par les religieuses et mise en vente à destination des fidèles.

À l'extérieur, la vue, depuis les quatre cent quatre-vingt-dix mètres d'altitude, offrait un superbe aperçu de la ville et de ses alentours. Meguy accompagna Peio dans son recueillement et envia la pratique de ses croyances et de sa foi modérée…

Ils quittèrent Palerme sans regret et prirent la route à destination d'Agrigente où ils déposèrent leurs valises dans une charmante maison d'hôtes qui les accueillit par une large allée d'oliviers. Les propriétaires, Lino et Carla les reçurent chaleureusement avec du soleil dans la voix. Carla accomplit son rôle d'hôtesse en leur proposant de la citronnelle fraîche pour apaiser leur soif mise à mal par la chaleur suffocante, tandis que Lino déposait leurs effets dans la suite nuptiale. Meguy, très embarrassée tenta de lui expliquer qu'elle ne partageait pas la même chambre que Peio. Son visage refléta tout d'abord de la surprise, finalement, il se gratta la tête machinalement et une étincelle jaillit de ses yeux :

— *Brava ragazza*[6] ! Lança Lino à sa femme avec un regard complice.

Peio traduisit ses paroles à Meguy qui rougit de plus belle en comprenant le quiproquo de la situation. Le couple sous-entendait que la piété de Meguy la contraignait à se préserver pour sa nuit de noces. Bien évidemment, Peio ne fit rien pour démentir et ricana stupidement, tout en prenant la jeune femme par la taille.

Malgré la température extérieure extrême, les jeunes gens furent enchantés de découvrir le site archéologique, l'ancienne ville d'Akragas et les vestiges des huit temples construits entre 510 et 430 av. J.-C. Les principaux, réputés pour leur bon état de conservation étaient ceux d'Héra et de la Concorde, où le couple se sentit minuscule devant leur taille imposante. Ils ne purent poursuivre leur visite en raison des conditions météorologiques qui les poussèrent à quitter subitement les lieux et longer la côte Realmonte et Porto Empedocle pour se rendre sur l'emplacement le plus éblouissant de la Sicile nommé *« la Scala dei Turchi »*. Cette étendue éclatante, propice à la poésie et à la peinture découvrait un immense escalier de Calcaire d'un blanc immaculé se jetant dans les eaux turquoise de la mer et créant un camaïeu de bleu qui suscita une vive émotion aux deux complices. Hors du temps, ils se posèrent sur les marches et admirèrent l'horizon dans le calme de la nature préservée. Ils avaient eu la perspicacité d'enfiler leurs maillots de bain sous leurs vêtements et n'eurent qu'à les retirer pour profiter de la

---

[6] Bonne fille !

plage et de l'eau sur leurs corps chauds. La mer était à température ambiante, et ce fut avec délectation qu'ils se délassèrent en nageant pour s'échouer sur le sable brûlant, à l'abri des regards.

— Il y a trois mers en Sicile !

— Ça manque de vagues à mon goût…

Meguy le contempla en souriant. Peio avait repris du poids et son anatomie restait athlétique et agréable à regarder. Il avait un corps jeune et élancé avec des pectoraux imberbes, différent de Bixente qui avait une musculature plus imposante, plus virile, avec des poils sur le torse. Ces derniers temps, elle n'avait pas beaucoup pensé à lui ni à leur rupture. Serait-elle guérie ? se demanda-t-elle ? Déjà ? Cette remarque lui parut bien légère. À la pensée de leurs moments partagés au restaurant ou dans la maison du jeune homme, les larmes lui montèrent aux yeux. Elle cacha son trouble, le repoussant au plus profond d'elle-même. Et pour s'obliger à penser à autre chose, elle visionna sur son téléphone les photographies de son périple depuis Amsterdam. Le visage de Peio faisant des grimaces ou posant dans des postures cocasses lui rendit le sourire. Le son de sa voix la sortit de sa rêverie.

— Ta peau de rousse va souffrir sous le soleil de Sicile. Donne-moi ta crème solaire, je vais en étaler sur tes épaules et t'en appliquer dans le dos.

Meguy se contracta au contact de ses mains douces sur son corps.

— Détends-toi Meguy, tout va bien se passer !

Elle se laissa faire et tout en faisant pénétrer le produit, Peio lui massa la nuque, les épaules et le bas du dos. Meguy s'abandonna et apprécia son toucher agréable. Elle s'assoupit légèrement sous les mains habiles de son compagnon de voyage.

Se trouvant dans un état second elle ne s'aperçut pas de la tension sexuelle que les gestes et le moment faisaient naître chez lui. Peio avait de plus en plus de mal à résister à la tentation de retourner la jeune femme sur le sable et poser ses lèvres sur les siennes. Il stoppa son geste, trop envahi par des pensées érotiques où il se vit dégrafer le haut de son bikini et caresser sa poitrine arrogante. Brusquement, il se jeta à l'eau pour se changer les idées. Méguy était toujours dans sa bulle de bien-être et ne s'aperçut pas de son absence. Elle fut réveillée par un murmure, environ une heure plus tard où Peio lui annonçait l'approche du crépuscule. Il était temps de rentrer…

À leur retour, ils furent gâtés par leurs hôtes et dînèrent sous la glycine, sur une petite table ronde couverte d'une nappe blanche et d'un superbe chandelier à trois branches. En fond sonore, ils reconnurent *BB. King* et se laissèrent séduire par le gaspacho de légumes, suivi de *spaghetti* à la bolognaise et d'un tiramisu qui enchanta leur palet. Le vin rouge italien les enivrait et dans cette ambiance feutrée, ils inventèrent une nouvelle vie à Victor.

— À présent, comment imagines-tu Victor ?

— Je le verrais bien ancien toréador, éleveur de taureaux et montant à cheval toute la journée. Enfin, quelques années en arrière… Et toi ?

— Je ne sais pas trop. Je me le représente tenant une taverne où marins, filles de joie et mauvais garçons seraient des habitués invétérés.

— Oh Meguy ! Ton jugement a changé…

— Le tien également et j'en suis très heureuse !

— J'espère qu'il est toujours en vie…

Syracuse eut le succès escompté sur les jeunes gens même si leur escapade fut de courte durée. Ils eurent tout de même, le temps de flâner sur la plazza Duomo, bordée de son immense cathédrale et de nombreux bâtiments aux façades blanches. Ils arpentèrent des ruelles dont les commerces débordaient de marchandises hétéroclites qui réveillaient toutes les envies. Leurs pas les dirigèrent naturellement vers le Castello Maniace pour une visite matinale où ils parcoururent le chemin des vieilles pierres, réjouis de se trouver dans cet espace enclavé comme un écrin de quiétude, avec pour seul horizon, la mer à perte de vue. À leur sorite, ils longèrent le port aux pêcheurs jusqu'au marché traditionnel où différentes couleurs se mélangeaient en une harmonieuse vision atypique, où maintes senteurs les faisaient voyager vers d'autres lieux et d'autres époques. Dans cette ambiance, ils se restaurèrent de *pasta fritta alla Siracusana*, à l'ail et aux anchois, un délicat mélange de culture grecque et orientale et se laissèrent tenter par un assortiment de pâtisseries locales aux amandes. Meguy en profita pour acheter des branches d'origan et des kilos de mignardises qu'elle offrirait à Louise, ainsi qu'à ses cousines Maguy et Jeanette, à son retour au Pays basque. Si jamais elle y retournait un jour… Des pensées négatives assombrirent subitement la superbe journée. *Qu'irait-elle faire au Pays basque, à présent ? Y avait-elle toujours sa place ?* Pour se donner du courage, elle se fit la réflexion que *le Pays basque était assez vaste pour n'y rencontrer ni Monsieur Bixente ni Madame Maïder…* Meguy était dans le flou complet… Dans son adolescence, quand un évènement la contrariait et l'empêchait d'aller de l'avant, elle se fixait une date butoir en se promettant de prendre alors une décision… Le processus avait toujours plutôt bien fonctionné et elle décida d'utiliser à nouveau cette échappatoire, qui lui permettrait, se convainquit-elle, de poursuivre son périple sans trop de stress et de jugements hâtifs.

Sa grand-mère disait toujours qu'il ne fallait jamais entreprendre de profonds changements sous le coup de l'émotion… La précipitation était mauvaise conseillère. L'esprit enfin libéré, elle se tourna vers Peio, avec un large sourire.

— Mais que se passe-t-il belle enfant ? Auriez-vous décidé de reprendre goût à la vie ?

— Ne dis pas de sottises… Je veux être heureuse et mettre de côté mes soucis existentiels ! pour quelque temps !

— À la bonne heure !

En quittant le marché, ils déambulèrent dans les étroites ruelles de Syracuse, bras dessus, bras dessous jusqu'à ce que la fatigue les rattrape, après quoi ils décidèrent de rentrer se reposer dans le coquet appartement qu'ils avaient loué pour la nuit. Leurs éclats de rire durent s'entendre jusque dans les habitations voisines, car la vue d'un modèle récent de Fiat 500 garé dans la cour, habillé de matelas tout autour de ses ailes attaché par des cordes pour éviter d'être cabossées était irrésistible.

— Ils sont fous ces Siciliens ! lança Peio.

— Ils sont si naturels ! répondit Méguy.

Le lendemain matin, le couple décolla de Catane pour Séville. Peio et Meguy quittèrent la Sicile, heureux d'avoir obtenu des informations concernant Victor. Ils étaient enchantés de leur séjour grâce aux merveilles de la nature qu'ils avaient eu l'occasion de contempler. Mais, le souvenir du manque de respect de l'environnement leur laissa un goût amer…

Chapitre 12

Thousands are sailing (Ils partent toujours par milliers)
Again, across the ocean (traverser l'océan)
Where the hand of opportunity (où la main du destin joue)
Draws tickets in a lottery (leurs vies à la loterie)
Postcards we're mailing (On envoie des cartes postales)
Of sky-blue skies and oceans (pleines de ciel bleu et d'océan)

Thousands are sailing, The Pogues

L'air était tout aussi irrespirable à Séville qu'en Sicile. Après une escapade au Real Alcazar, le somptueux palais fortifié édifié en 844 sous le règne de l'émir Abd-al-Rahman II et d'une promenade sur la fascinante place d'Espagne, les deux complices se rendirent aux bains, pour se prélasser dans des bassins d'eau douce de différentes températures. Dans cette oisive ambiance orientale, ils profitèrent des bienfaits de l'hydrothérapie sur leurs corps courbaturés tout en se remémorant les merveilles qu'ils venaient d'admirer. Meguy avait lu durant leur trajet en avion que le Real Alcazar[7], avec ses styles hétéroclites, était la plus grande fierté de Séville. En effet, l'empreinte du passé tumultueux Andalou rendait l'édifice

[7] https://generationvoyage.fr/visiter-alcazar-seville/

exceptionnel. Tout regard posé sur ses murs ornés d'éléments architecturaux uniques faisait renaître le mythe du mariage entre l'Orient et l'Occident. Se perdre dans ses jardins opulents de plantes exotiques et de nobles fontaines ne faisait qu'accroître l'enchantement… Ils pensaient avoir atteint le plus haut degré de souvenirs inoubliables mais leur ravissement avait repris au détour de la prestigieuse Place d'Espagne[8], construite sur les rives du Guadalquivir en 1929 à l'occasion de l'exposition ibéro-américaine. Sa forme semi-elliptique était de nos jours investie par des danseuses de *Flamenco*, des joueurs de castagnettes et des barques voguant sur une rivière à l'inspiration Vénitienne.

Peio sortit de ses songes :

— Jusqu'à présent, la chance nous a accompagnés, qu'en penses-tu ?

— J'espère qu'elle ne va pas nous abandonner… Quelle bonne idée tu as eu de fouiller dans les malles de ton grenier !

— Les informations étaient sous notre nez depuis toujours… J'aurais dû y grimper bien avant…

— Ce n'était vraisemblablement pas le moment ! Tu ne souhaitais pas désobéir à ta famille…

— Avec Bixente, nous avons fantasmé toute notre enfance sur la disparition de Victor. Il nous manquait une partie de notre histoire, de notre identité… Victor est parti en Algérie et plus rien… Il a disparu… Il n'est pas venu aux funérailles de son père ni de sa mère, ni même au mariage de sa sœur. Que s'est-il passé ? J'aimerais entendre sa version… Je pense que ma grand-mère lui en veut terriblement de son absence.

— En effet, tout est contre lui. Probablement, était-ce trop douloureux de retourner auprès des siens après cette histoire de

[8] https://generationvoyage.fr/visiter-place-espagne-seville/

meurtre ? Malgré son alibi, il restait, aux yeux de tous, le coupable idéal…

— Est-il toujours de ce monde ?

— Je l'espère… pour ma grand-mère…

— Voudra-t-il nous voir ?

— Tant de suppositions et de mystères à son égard…

— J'imagine la tête de Bixente, si j'arrive à le retrouver !

À ces mots, le visage de Meguy se rembrunit.

— Toujours cette compétition ridicule…

— Non, je t'assure. D'autres motifs me motivent… tout comme me faire pardonner… pour le mal que je t'ai fait subir…

— Qu'allons-nous encore découvrir ? Meguy avait détourné habilement la conversation pour ne pas évoquer cette terrible journée où elle avait perdu Bixente.

Peio se mit à rire, tout en faisant bouger son corps dans l'eau bouillonnante.

— Qui sait ? Sacré Victor !

Les jeunes gens quittèrent les bains et ne perdirent pas de temps pour prendre la route en direction de Ronda, au sud de l'Andalousie. La petite ville était construite au sommet d'une montagne et Meguy fut littéralement sous le charme de l'immense falaise et de sa végétation aride s'étendant jusqu'à perte de vue. Ce fut au détour d'une rue qu'ils trouvèrent aisément l'adresse de Victor et furent suspicieux en apercevant le vaste garage de réparation de voitures. En effet, le souvenir de leur mésaventure en Sicile les rendit prudents et ils réfléchirent un court instant avant de passer le pas de la porte. *Le garage paraissait certes plus moderne et mieux entretenu, mais une fois à l'intérieur, quelle surprise les attendrait ?* Une jolie secrétaire aux longs cheveux noirs les invita à entrer avec un large sourire poli. Elle ne cacha pas son attrait pour le jeune et beau Peio qui lui relata le but de leur visite. Elle se dirigea vers l'atelier en leur demandant de l'attendre patiemment. Leur attente fut de courte durée. Elle revint accompagnée d'un homme brun, au regard rassurant. À l'évocation de Victor, son visage s'illumina et il fit d'intéressantes révélations à Peio. En effet, Victor avait été son premier et unique employeur et l'avait embauché comme apprenti. Avec générosité, il lui avait transmis toutes ses connaissances. À ses soixante-dix ans, il lui avait cédé son affaire, qui se portait déjà très bien et n'avait plus qu'à prospérer. À l'époque, du haut de ses vingt-cinq ans, le jeune homme avait été à la tête du plus grand garage de réparation de véhicules de Ronda et de ses alentours.

— Avez-vous l'adresse de Victor ?

Le garagiste se frotta la tête, l'air embarrassé.

— Au moment de sa retraite, Victor a vendu sa maison qui était située à l'extérieur de la ville…

— Savez-vous, où il est parti ?

— Hélas non… Il a subitement disparu… Chaque jour, je pense à lui et prie la Sainte Vierge pour qu'elle le protège où qu'il soit. C'est ma façon de le remercier pour ce qu'il a fait pour moi…

Le visage de Peio changea d'expression.

— Avait-il une femme ? Des enfants ?

Son interlocuteur se mit à rire :

— Victor était célibataire ! Pourtant il ne manquait pas de prétendantes, surtout quand il prenait sa guitare. Vous les auriez vues, avec leurs robes à volants, danser le *Flamenco* pour ses beaux yeux. Mais il souhaitait garder sa liberté… Il n'avait pas d'enfants, pas d'attache. J'étais en quelque sorte sa famille espagnole ! Lorsque j'évoquais ses parents français, il me répondait qu'ils étaient tous morts… Je n'ai pas insisté davantage. Une seule chose m'intriguait, la photo d'une jeune femme dans son portefeuille qu'il sortait de temps à autre pour la regarder, avec toujours la même émotion.

— Vous souvenez-vous d'un détail qui pourrait nous être utile ?

Il réfléchit encore.

— J'ai trouvé une de ses remarques assez surprenante : il m'a annoncé qu'il allait rejoindre sa cousine, puis il est parti le jour suivant… Je n'ai pas compris d'où sortait cette parente, j'ai supposé qu'il retrouvait une conquête. Existait-elle réellement ?

Peio pâlit. Meguy s'apercevant de son trouble l'attrapa par le bras.

— Que se passe-t-il ? Raconte-moi !

Après avoir pris congé de l'ancien employé de Victor, Peio résuma la situation à Meguy.

— Je ne comprends pas… À quelle cousine fait-il allusion ? Je ne connais que Pantxiqua… qui était sa meilleure amie, je crois.

— Mais oui, c'est bien ça ! Ma grand-mère m'a beaucoup parlé de Pantxiqua… Où est-elle ?

— Pantxiqua habitait la maison des *Persiennes bleues* où tu résidais. Elle l'a vendue quand son mari Gorka est mort, il y a fort longtemps, j'étais encore un enfant… Elle a rejoint sa fille Edourné au Canada où elle s'était installée avec son mari. Je ne l'ai jamais revue. Quelquefois, *Amatxi* nous donnait de ses nouvelles. Je présume qu'elle lui écrivait…

— Serait-il avec elle au Canada ?

— Je ne sais pas, Meguy… Mon monde s'écroule. Si Pantxiqua avait retrouvé Victor, ma grand-mère serait forcément dans la confidence…

— Probablement, mais ce n'est pas certain…

— C'est une impasse !

— Pour quelle raison ?

— Parce que je ne demanderai pas l'adresse de Victor à *amatxi.*

— Malheureusement, il n'y a plausiblement qu'elle capable de nous aider…

— Tu ne la connais pas. Elle se ferme dès que l'on parle de lui et tu ne peux plus rien en tirer… Qui nous dit que Victor a rejoint Pantxiqua ?

— Rien en effet, mais c'est une piste que nous ne devons pas négliger. As-tu d'autres cousines ?

— Non, pas à ma connaissance, pas du côté de ma grand-mère. Victor a peut-être menti…

— Pour quelles raisons ? Il avait l'air d'apprécier son employé…

— C'est un être libre. Il avait envie de changer à nouveau de vie et pour le rassurer aurait inventé cette histoire…

— Mouais… Meguy était dubitative. Elle préférait croire en la version du garagiste et envisager une nouvelle piste. Que faisons-nous alors ? Tout s'achève ici, au sud de l'Andalousie…

— Je ne sais pas, Meguy, je dois réfléchir…

Ils s'installèrent à la terrasse d'un café et durant la courte pause, Peio se plongea dans ses pensées. *Victor était-il auprès de Pantxiqua ? Depuis quand correspondaient-ils ensemble ? Amatxi est-elle au courant ? Si c'était le cas, comment se faisait-il qu'elle gardait l'information secrète ?*

— Pourquoi te tortures-tu ainsi ? C'est plutôt une bonne nouvelle ! Si Victor est toujours en vie, il y a des chances qu'il vive auprès de sa cousine… Tu devrais t'en réjouir…

— Tu ne comprends pas Meguy, mon monde s'écroule. Les adultes de ma famille sont des menteurs et des dissimulateurs !

— On ne choisit pas sa famille et puis ce n'est pas la fin du monde !

— Non, mais la fin de mon monde !

Meguy soupira.

— Comment crois-tu que nous allons retrouver Victor ? Ma grand-mère ? Elle emportera le secret dans sa tombe. Je la connais…

Meguy ne put réfréner une grimace.

— Et Bixente ? A-t-il de l'influence sur elle ?

— Tu me demandes de contacter Bixente, Meguy. C'est bien ce que tu désires ?

— Si nous pouvions l'éviter… hélas, je pense que nous n'avons pas le choix…

À l'évocation du jeune homme, le cœur de Méguy s'emballa, ses mains devinrent moites et ses joues se colorèrent. Peio s'aperçut de son trouble.

— Je vais réfléchir à une autre solution avant de contacter monsieur Bixente…

Pour se changer les idées, Meguy entraîna Peio dans la maison de Don Bosco qu'elle avait classé dans ses éducateurs préférés avec Célestin Freinet et Maria Montessori. Elle lui expliqua brièvement l'impact positif de leurs méthodes pédagogiques sur le comportement des enfants. La bienveillance, l'esprit d'équipe, la non-compétition et l'attention centrée sur les élèves avaient pour mission de leur fournir les capacités essentielles à un bon développement psychosocial. Chacun apprenait à son rythme, en éprouvant du plaisir tout en acquérant un socle de connaissances utiles et pratiques pour évoluer dans la société.

Peu de temps après, ils quittèrent Ronda et prirent la route du retour pour Séville. Peio décida qu'une halte à Grenade serait bienvenue afin de se changer les idées.

— J'ai visité Grenade quand j'étais au lycée et j'en garde un souvenir inoubliable. Je voudrais te faire découvrir cet endroit d'exception…

Le détour aux pieds de la Sierra Nevada,[9] dans la cité perchée sur le plateau de la Sabika, eut l'effet escompté sur la jeune femme. L'ensemble fortifié, depuis la présence musulmane en Espagne, était composé de riches palais, de patios, de fontaines et de jardins éblouissants. Le couple se laissa séduire par la beauté de l'Alcazaba, le diamant de l'art Hispano-mauresque et admira inlassablement les palais Nasrides du Généralife et de Charles Quint. Ils ne purent résister au charme des bassins, de la luxuriance des jardins, des extraordinaires arabesques et de la précision des motifs floraux qui n'étaient autres que les vestiges préservés d'une civilisation arabo-andalouse. Malgré tout, leur mal-être réapparut dès qu'ils quittèrent le sud de l'Andalousie où la douceur de vivre les avait saisis.

Ils choisirent de se poser pour un temps incertain dans une résidence en plein cœur de Séville. Un coquet appartement au patio ombragé et coloré adoucit leur peine. Chacun trouva sa place dans un décor aux influences orientales et aux fenêtres offrant une vue dégagée sur les orangers de la cour intérieure. Des tapis berbères, des photophores et du fer forgé diffusaient une ambiance mystérieuse.

Meguy sortit faire quelques courses dans le quartier pendant que Peio entrait en contact avec Bixente. Il choisit de mettre sa fierté de côté et prit son courage à deux mains. Il devait dépasser la colère qu'il avait nourrie et qu'il entretenait envers son frère… De longues sonneries retentirent, mais en vain. Peio dut se résoudre à laisser un message vocal :

---

[9] https://www.futura-sciences.com/planete/questions-reponses/espagne-construit-alhambra-grenade-5239/

— Comme tu le sais, je suis à la recherche de Victor depuis plusieurs semaines déjà… Actuellement en Andalousie, je viens d'apprendre qu'il aurait rejoint sa cousine… Je n'en sais pas davantage… Peux-tu te renseigner auprès d'*amatxi* ? Je suis dans une voie sans issue… Est-il avec Pantxiqua ? Merci de reprendre contact…

Les jours suivants furent d'une lenteur interminable, Peio et Méguy avaient la sensation d'être à la merci du bon vouloir de Bixente. Le couple errait dans la ville, sans but, sans envie, sans grande conviction quant à la suite des évènements. Tout dépendait de l'appui de Bixente et ce constat irritait profondément Meguy. *Pourquoi était-il borné à ce point et aussi attaché à ses principes ? Quand il se laisse aller, il est formidable !* pensa-t-elle en laissant échapper un soupir de déception.

Chapitre 13

My hands are tied (Mes mains sont liées)
My body bruised; she's got me with
(Mon corps est meurtri, elle m'a piégé avec)
Nothing to win and (Rien à gagner et)
Nothing left to loose (Plus rien à perdre) ...
With or without you (Avec ou sans toi)
With or without you (Avec ou sans toi)

With or without you, U2

Bixente écouta le message laissé par Peio mais ne daigna pas donner suite à son appel. Sa colère était encore trop vive. *Il en était venu aux mains avec son frère à cause de Meguy, cette intrigante, cette rusée qui s'était moquée de lui, de tous les deux, en quelque sorte... Sinon, pourquoi ne lui aurait-elle pas donné le véritable motif de sa venue au Pays basque ?*

Malgré sa fureur et sa promesse de ne plus entendre parler de la jeune femme, ses pensées étaient bien souvent tournées vers elle. La savoir en compagnie de Peio, le rendait fou de jalousie. Il acceptait la situation, résigné, *mais si Peio faisait le choix de rentrer à la maison, en couple avec cette maudite Anglaise, il s'était fait la promesse de quitter l'entreprise familiale et de rester à l'écart des jeunes gens. Pourquoi Peio avait-il désobéi à leur père ? Et pourquoi avoir causé tant de mal à leur grand-mère ? Tout ça, à cause de cette Anglaise au charme ravageur…* songea-t-il.

Bixente était pris entre deux feux, une partie de lui nourrissait l'envie d'obtenir des informations sur Victor, en se tournant vers le passé, il se remémora quelques souvenirs d'enfance : avec Peio, ils imitaient alors, les scènes du film *Le Parrain,* imaginant Victor membre de la mafia italienne, ou encore immigrant aux États-Unis, avec l'intention de réaliser son rêve américain… Il se souvint également de leur adolescence, où ils étaient à la recherche de la moindre trace sur le net et les réseaux sociaux. Il fut même une période durant laquelle ils ne parlaient plus que du mythique Victor… étant allé jusqu'à trouver un job d'été pour financer les services d'un détective privé. Cet engouement était fatalement retombé à l'occasion d'un repas familial, avec l'interdiction formelle de leur père de poursuivre ces inepties, comme il avait nommé leurs recherches incessantes… Ce dernier ne voulait plus entendre le prénom de cet oncle disparu qu'il n'avait pas connu et *amatxi* s'était joint à lui et avec autorité pour ajouter :

— Mon frère a choisi de nous abandonner. Nous devons respecter son choix et s'il réapparaissait, je ne voudrais pas le voir. J'ai trop de rancœur à son égard. Pour moi, il est mort et je vous demanderais de vous plier à mes exigences. Il en est terminé de l'évoquer à ma table et je vous interdis de le rechercher. Est-ce bien clair ?

Des mots forts, froids qui résonnaient encore aujourd'hui dans son esprit. Les garçons avaient abdiqué devant l'autorité parentale et par respect pour les anciens. Leurs rêves d'enfants s'étaient envolés en fumée en quelques secondes. Adieu, capes, épées, navires, pêche à la baleine, casinos, machines à sous, règlements de compte… Par bonheur, les préoccupations de l'adolescence les avaient rapidement détournés de leurs ambitions et leur déception de l'époque n'avait pas engendré de frustration plus importante.

L'autre partie de Bixente le consumait… Il se rappelait sa promesse d'oublier Victor et son passé tumultueux… *Mais que souhaitait-il réellement ? Ne serait-ce pas une bonne chose de rencontrer Victor et connaître sa version des faits ? Il était las de ses réflexions. Si Meguy n'était pas entrée dans leurs vies, tout ça ne serait pas arrivé…*

Il poursuivit sa routine, son travail, comme si rien ne s'était passé, mais en l'absence de Peio et de sa bonne humeur légendaire, le cœur n'y était plus… Il surfait chaque jour, jouait à la pelote et rejoignait ses amis chez Antoine avec une indifférence flagrante. Mais Antoine n'était pas dupe, il connaissait Bixente depuis toujours et lorsqu'il cachait sa souffrance derrière ses airs bourrus, hélas, personne n'osait lui poser de questions… C'était mieux ainsi, car Bixente n'avait pas l'intention de sortir de son mutisme à ce sujet.

Un soir, cependant, il fit l'effort d'inviter Inès, une jolie blonde aux cheveux longs et aux yeux bleus, à dîner à *l'Auberge Basque*. Comme à l'ordinaire, le repas fut un régal et Bixente passa un agréable moment en compagnie de la jeune femme. *Peut-être était-il temps de vivre une nouvelle histoire d'amour, d'oublier Meguy et sa trahison ?* pensa-t-il. Inès était de Saint-Jean-De-Luz et ils s'étaient croisés à maintes reprises chez Antoine. Il avait compris depuis longtemps qu'elle n'était pas insensible à son charme. Même s'il avait été flatté, il n'avait pas cherché à la séduire jusque-là. La soirée lui permit de découvrir une personne posée et d'agréable compagnie. Il oublia un instant Meguy et se perdit dans le bleu de ses yeux.

Quand il se présenta à la réception pour régler l'addition, Marion Béchade le ramena sur terre :

— As-tu passé une agréable soirée, Bixente ?

— Excellente, comme à chaque passage !

— C'est ta nouvelle amie ? demanda poliment Marion.

— Pas encore…

— C'est une jolie fille… Elle a l'air d'être quelqu'un de bien…

Bixente regarda Marion d'un air interrogateur car il n'avait pas l'habitude de ce genre de remarques venant de sa part. Elle poursuivit :

— As-tu des nouvelles de la belle Anglaise qui t'accompagnait cet été ?

Bixente accusa le coup et marqua un temps d'arrêt avant de lui répondre :

— Pour tout te dire, nous avons rompu. Il y a quelques semaines déjà…

Marion prit un air étonné.

— J'en suis sincèrement désolée. Vous étiez beaux tous les deux. Vous paraissiez amoureux, heureux d'être ensemble… Je ne t'avais jamais vu aussi détendu et enjoué.

Bixente se figea. Un air triste apparut sur ses traits.

— Ce sont, hélas, des choses qui arrivent…

— Je ne suis pas certaine que de te jeter dans les bras d'une autre personne aussi rapidement pourra effacer ton désarroi…

Bixente se sentit mal à l'aise durant cet échange avec Marion qu'il appréciait et respectait tout en gardant toujours une certaine distance.

— Peut-être, as-tu raison ! répondit-il avec lassitude.

Marion reprit aussitôt :

— Si le bonheur passe près de chez toi, il faut le saisir au vol avant qu'il ne s'échappe… Ne te venge pas sur une jeune femme qui ne l'a pas mérité. Évite de la faire souffrir. De plus, je suis persuadée qu'elle ne te fera pas oublier qui tu sais…

Bixente lui sourit.

— J'ai compris ton message, Marion ! Je te remercie de ta franchise… Embrasse Cédric de ma part. *Adio* !

Il quitta les lieux d'un pas assuré. Marion poussa un soupir et s'étonna d'avoir eu l'audace d'échanger son ressenti avec l'ami de son mari. Quand Bixente rejoignit Inès, son visage avait changé d'expression. Dans la voiture les conduisant jusqu'à Saint-Jean-de-Luz, il écouta distraitement ses propos lui résumant ses relations amoureuses des cinq dernières années. Il la déposa devant chez elle, sortit de la voiture, luit tint la portière galamment et la remercia pour la soirée passée. Inès parut surprise par le comportement distant du jeune homme.

— Veux-tu entrer boire un café ? lui demanda-t-elle d'une voix douce.

Embarrassé, il fut rattrapé par sa manie de se toucher les cheveux. Le visage de Meguy se moquant de son tic lui apparut devant les yeux.

— Inès, je suis désolé… Tu es une personne séduisante… Mais pour l'instant, je ne peux pas aller plus loin avec toi. Ce ne serait pas honnête de ma part de te laisser espérer une relation durable entre nous. Je viens de vivre une rupture difficile et je suis conscient de ne pas être prêt pour une nouvelle histoire.

— Ne sois pas désolé… Je te remercie de ta sincérité. D'autres auraient profité de la situation. Tu es quelqu'un de bien, Bixente… Elle a de la chance… Prends soin de toi !

— Adio Inès, tu es une chouette fille ! Je te contacte prochainement…

Elle posa un doigt sur sa bouche, sachant par intuition que cet instant resterait le seul et unique en sa compagnie.

Bixente grimpa dans sa voiture, démarra et roula quelques mètres dans l'étroite rue. Soudain, il fit une rapide marche arrière et s'arrêta aux pieds d'Inès. Il descendit du véhicule, s'approcha d'elle et posa ses lèvres sur les siennes. Le contact fut agréable et dura quelques secondes, puis il la relâcha aussi subitement qu'il l'avait embrassée. Inès avait apprécié le baiser de Bixente, même si elle l'avait trouvé trop brutal à son goût.

— Merci, Inès !

Il grimpa dans son véhicule et s'éloigna dans la nuit. *Maudite Meguy !* se dit-il. *Il n'était pas si facile d'oublier la jeune femme, son rire, son accent anglais, son odeur, son corps… Et pourtant il lui en voulait de s'être servi de lui pour ses desseins personnels, tout comme elle se servait actuellement de Peio.* À ces pensées, sa colère reprit le dessus et il la maudit à nouveau. Il s'endormit avec ces certitudes en tête. À son réveil, il ne se sentit pas en forme. Une sorte de nonchalance s'était emparée de lui. Que lui arrivait-il ? Les propos de Marion l'avaient-ils chamboulé à ce point ? Il resta dans cette apathie durant quelques jours. Souhaitant sortir de cette humeur extrême, il prit le taureau par les cornes et contacta Peio.

— Yep, tu m'as laissé un message…

— Yep, oui en effet, nous sommes à la recherche de Victor… Son histoire nous a conduits à Amsterdam, en Sicile et dans le Sud de l'Andalousie où nous avons perdu sa trace… Il a vendu ses biens pour rejoindre une mystérieuse cousine. Je ne connais que Pantxiqua et il n'y a qu'*amatxi* qui soit capable de nous fournir des indices et de nous donner son adresse.

— Je vais voir ce que je peux faire. Où te trouves-tu actuellement ?

— Je suis à Séville.

— Je te recontacte.

Et il raccrocha. Le ton avait été poli et froid et restait inaccessible. Aucun des deux frères n'avait fait un pas vers l'autre. Des pensées et des images brûlaient la tête de Bixente. Il prit du paracétamol pour atténuer la douleur qui emprisonnait ses tempes. Qu'allait-il faire ?

Les jours passaient et la situation ne s'arrangeait pas, Bixente demeurait dans cette léthargie qui le clouait sur place. Il vécut un manque de dynamisme qui se ressentit jusque dans son travail. Son père le convoqua et lui demanda la raison de son mal-être, tout en connaissant la réponse… Lui-même ne se consolait pas de la dispute de ses fils et du départ précipité de Peio. Il avait tenté à maintes reprises de renouer le dialogue, mais Peio restait muet et absent. Cette situation le rendait terriblement malheureux. Bixente devait rapidement réagir. Aussi prit-il la décision de mener ses propres recherches. Il se rendit chez sa grand-mère, roula lentement le long du chemin où il aperçut Louise, derrière sa fenêtre qui en le reconnaissant, s'écarta et tira les rideaux. Ce petit geste envoya une piqûre de rappel dans le cœur de Bixente, qui le replongea le jour de sa bagarre avec Peio. Il rangea sa voiture et d'un pas ferme, entra dans la maison.

— Bonjour *amatxi*, je dois te parler…

— Bonjour fils, que veux-tu ?

— C'est au sujet de Victor !

— Ah ! Toi aussi, tu t'y mets… Ces Anglaises sont des ensorceleuses. Vous, les hommes, vous vous faites retourner la tête en un rien de tour…

— Ça n'a rien à voir, *amatxi*. Il est temps pour nous de connaître l'histoire de Victor et de savoir où il se trouve… et s'il fait toujours partie de ce monde.

— Je ne veux plus entendre parler de mon frère ni entendre prononcer son nom. Moi, vivante, il ne franchira pas le seuil de ma maison.

— C'est également sa maison, je te rappelle… Tu ne peux pas continuer de la sorte, comme s'il n'avait jamais existé ! Que sais-tu de lui ?

Devant l'attitude de sa grand-mère se tenant droite dans la pièce, les bras croisés, tel un soldat de plomb, Bixente insista à nouveau.

— J'ai besoin de ces informations. Peio a perdu sa trace en Andalousie. Te rends-tu compte qu'il vivait à quelques centaines de kilomètres de chez nous… Quel gâchis !

À ces mots, les yeux de la vieille dame brillèrent de fureur et pour toute réponse, elle décroisa un de ses bras et, du doigt, lui indiqua la sortie. Elle le flanquait dehors. Bixente soupira d'exaspération et partit en claquant la porte. Il démarra à toute vitesse et quitta la propriété dans un crissement de pneus.

Il n'était pas plus avancé. *Qu'allait-il dire à Peio ? Allait-il le rappeler ?* Il se rendit chez ses parents et posa des questions à son père qui fut dans l'incapacité de lui répondre. Il fouilla le grenier de fond en comble, traquant le moindre indice, la moindre piste pouvant le conduire à Victor, mais Peio était déjà passé par là. Il dîna avec ses parents mais n'eut pas le cœur à rentrer chez lui et se retrouver seul, alors il fila chez Antoine qui le reçut à bras ouverts. Bixente noya son désenchantement dans l'alcool. Il but plus que de raison et interpella les clients du bar, manquant de créer de la discorde. Antoine n'avait jamais vu son ami dans un tel état. Il lui confisqua les clés de son Dodge et réussit à le retenir jusqu'à la fermeture du bar. Avec l'aide d'Inès, il put le faire monter dans son véhicule. Si, au moins, Gaby avait été présente, pensa-t-il, mais elle était à Bali pour son stage annuel de professeur de yoga… Bixente caressa les longs cheveux d'Inès, qui eut des difficultés à le repousser. Elle lui murmura à l'oreille :

— Si tu l'aimes… Cours la retrouver…

Antoine avait dormi chez son ami et préparait le café. Il remplit une tasse du liquide fumant et l'apporta à Bixente qui somnolait, étendu sur le ventre, avec un simple caleçon qu'Antoine lui avait laissé, après l'avoir déshabillé et allongé sur son lit. Il ouvrit les fenêtres pour aérer la pièce imprégnée d'effluves d'alcool.

Bixente le regarda l'œil hagard.

— J'ai un mal de tête…

— J'imagine ! Tiens, bois. Il est un peu fort…

— Merci, mon ami !

— Je ne t'ai jamais vu dans cet état. Que t'arrive-t-il ?

Bixente remercia Antoine mais ne répondit pas. Celui-ci discret, respecta son silence et n'insista pas davantage. Il avait cependant compris que son malaise était dû à Peio et à Meguy. Il s'assura qu'il était remis sur pied et en profita pour s'éclipser et rentrer chez lui. Bixente resta allongé sur son canapé à visionner plusieurs programmes de télévision en simultané, sans pouvoir se concentrer sur aucun. Son téléphone sonna à plusieurs reprises et raviva sa migraine. Il finit par décrocher.

— Bonjour, ici Hélène Stevens !

Chapitre 14

As heads is tails, just call me Lucifer / Ainsi que pile est face, appelez-moi simplement Lucifer

'Cause i'm need of some restraint / Car j'ai besoin de faire preuve d'un peu de modestie.

So if you meet me, have some courtesy / Alors, si vous me rencontrez ayez un peu de courtoisie

Have some sympathy ans some taste/ Ayez un peu de compassion et de bon goût

Use all your well learned politesse/ Utilisez toute votre politesse bien apprise

Or I will lay your soul to waste / Ou je jetterai votre âme aux ordures

Sympathy for the Devil, The Rolling Stones

L'avion d'Hélène atterrit à Biarritz, sous une pluie battante. Tandis qu'elle posait les pieds sur le tarmac, son cœur s'emballa dans sa poitrine et battit la chamade. Il y avait si longtemps qu'elle n'avait pas foulé le sol basque… Elle fut aussitôt assaillie par des images de sa jeunesse, défilant dans sa tête.

Dans le hall de l'aéroport, un jeune homme brun l'attendait patiemment. Hélène le reconnut et se dirigea vers lui avec grâce.

Bixente la dévisagea et ne put s'empêcher de remarquer la ressemblance entre ses yeux et ceux de Meguy. Ils avaient la même couleur vert émeraude et la même lueur brillait au fond de leurs pupilles. Il la salua poliment et lui tendit son bras pour l'accompagner jusqu'à son véhicule. Ils échangèrent très peu durant le trajet, Hélène était absorbée par la contemplation du paysage.

— Je vous dépose chez votre cousine et demain dans l'après-midi, je viendrai vous chercher.

Hélène lui répondit, d'un hochement de tête.

— Vous êtes donc un parent de Victor !

— Oui, c'est exact, ma grand-mère Maïder est sa petite sœur !

— Je me souviens très bien de Maïder. Je l'ai bien connue à une période de mon existence…

Bixente écoutait Hélène, sans mot dire.

— Elle était bien plus jeune que moi, avec un tempérament bien déterminé…

Bixente sourit à l'évocation des traits de caractère de sa grand-mère, qui s'étaient affirmés davantage, les années passant. Hélène se retint de donner son avis sur son aïeule et leur affinité d'antan… Elle n'appréciait pas Maïder, la trouvant un brin envahissante, toujours sur la défensive et légèrement bagarreuse. Elle savait pertinemment que ses sentiments à son égard étaient réciproques. Elle accaparait son frère, qui d'ordinaire lui passait tout et était aux petits soins avec elle, la traitant comme une princesse. Hélène lui avait volé la première place et Maïder le vivait très mal.

— Vous aimeriez revoir Victor, c'est bien ça ?

— En effet, j'ai aimé Victor passionnément, sur cette terre. Terre de vos ancêtres et de mes ancêtres. Je le revendique fortement…

— Meguy m'a raconté l'histoire de votre mère…

Hélène le détailla. *C'était donc lui, l'énigmatique Bixente qui avait brisé le cœur de sa petite-fille.*

— Meguy n'a pas osé vous raconter notre histoire, à Victor et à moi, en raison des soupçons de meurtre… Elle a préféré rester discrète à ce sujet, pour ne pas vous déplaire, je présume…

Bixente écoutait Hélène, mais n'émit aucune remarque. Il décida de traverser Biarritz avant de la conduire chez sa cousine. En longeant le bord de mer, Hélène eut les larmes aux yeux lorsqu'elle aperçut l'imposant Hôtel du Palais, la Grande plage et le casino. Elle ne put s'empêcher de penser à l'été merveilleux qu'elle avait passé avec son amie Pantxiqua et leur bande de copains. Ils avaient ri aux éclats en jouant au rami et à la belotte sur la plage pendant que d'autres se baignaient ou se faisaient bronzer.

— Qu'est devenue Pantxiqua ?

Bixente se passa la main dans les cheveux.

— J'étais enfant lorsque son mari Gorka est décédé. Elle a vendu la maison qu'elle avait hérité de ses parents et elle est partie rejoindre sa fille au Canada.

— Serait-il possible d'avoir ses coordonnées ?

— Je pense que ma grand-mère doit avoir son adresse. Je lui poserai la question.

— Qu'est-ce qui vous fait penser que Maïder vous délivrera ces informations ?

— Pourquoi m'avoir contacté alors ?

— Suite à l'appel téléphonique de Méguy qui pensait avoir perdu la trace de Victor… J'ai pensé qu'une autre personne pouvait savoir où Pantxiqua se trouvait… J'en ai déduit que vous seul, seriez à même de faire parler votre grand-mère. Vous comprenez bien que mon temps est compté… Je dois absolument connaître le destin de mon Victor avant de disparaître.

— Pourquoi maintenant ? Pourquoi avoir attendu si longtemps ?

— Pourquoi ? Oui, pourquoi ? Les convenances… Le déni pour éviter de trop souffrir… Même si j'ai été heureuse avec mon mari, j'ai toujours eu une pensée pour Victor. Que faisait-il au Pays basque ? Qui avait-il épousé ? Combien d'enfants avait-il eus ? Pourquoi n'était-il jamais venu me chercher ?

Bixente détaillait Hélène, ému par les confidences de la vieille dame… Leurs destins avaient été sacrifiés et même s'ils se retrouvaient, ils ne pourraient jamais rattraper le temps perdu… Ces pensées le firent réfléchir à sa propre histoire avec Meguy…

Hélène ne manqua pas d'admirer le Rocher de la vierge, célèbre pour sa légende où des pêcheurs pris dans une implacable tempête avaient regagné le port grâce aux signaux de la divine statue. Depuis, Napoléon III avait fait construire une passerelle reliant le rocher à la côte, pour le plus grand bonheur d'une multitude de passants et de touristes tentant quelques pas jusqu'au roc, bravant les vents et les indomptables vagues. Elle demanda à Bixente de s'arrêter, ce qu'il fit sans tarder en se garant derrière un bus, face au musée de la mer. Hélène descendit de voiture et se dirigea lentement sur le ponceau. De grosses larmes roulaient sur ses joues ridées et de fortes émotions soulevaient sa poitrine. Elle s'accrocha au bras de Bixente, qui fut touché par le chagrin de la vieille dame, en l'occurrence, la grand-mère de la femme dont il avait été fou amoureux… Le temps n'existait plus, Hélène avait seize ans. Seul son corps avait vieilli. Elle aurait donné tout ce qu'elle possédait pour revivre ne serait-ce qu'une journée de cette époque. Entendre le rire spontané de Pantxiqua et se blottir tendrement dans les bras de Victor.

— Bixente, vous devriez avoir une discussion sérieuse avec Meguy ou vous le regretterez amèrement plus tard… Vous savez, le temps passe si vite…

Tous deux remontèrent dans le véhicule et Hélène s'émerveilla à nouveau en revoyant la côte des Basques. La vue exceptionnelle des falaises, l'immensité de l'océan et des vagues se fracassant sur la plage sous les reflets des rayons de soleil, qu'une éclaircie avait laissé apparaître, remplirent son cœur d'allégresse.

— Quel bel endroit ! N'est-ce pas ?

— Le plus beau du monde !

Hélène sourit à la remarque chauvine de Bixente et se souvint de Victor et de sa fierté pour sa côte basque. *Comment avait-il fait pour vivre aussi loin de ses racines ?*

Bixente déposa Hélène dans la cour de la maison de sa cousine, qui, ayant perçu le bruit de moteur, vint à leur rencontre. Il prit congé des vieilles dames après avoir déposé la valise d'Hélène devant la porte d'entrée. Maguy étreignit Hélène et l'invita à entrer. Une autre personne l'attendait avec impatience et se mit à pleurer de joie en l'apercevant.

— Voici ma sœur Jeanette, qui était une grande admiratrice de Victoria !

— Bonjour, Jeanette, Meguy m'a longuement parlé de vous !

— Oui, pauvre enfant… Elle est partie subitement et nous avons été surprises d'apprendre qu'elle s'était fâchée avec son petit ami.

— Oh, les jeunes ! Ils sont trop énervés… Tout ça ? C'est la faute d'internet et de leurs jeux vidéo… Trop de violence !

Hélène acquiesça et fut charmée par tant de naturel. Elle jeta un coup d'œil aux alentours. La pièce dans laquelle elle se trouvait était vaste avec un plafond bas et des poutres apparentes. Une immense table en bois massif et d'écrasantes chaises trônaient au centre. Elle apprécia la longue corbeille à fruits en Crystal et le napperon en vieille dentelle qui apportaient une touche raffinée au décor brut et authentique. D'épais rideaux en toile de lin pendaient sur de lourdes tringles en laiton et des tableaux de peinture représentant des danseurs basques recouvraient les murs. Ils apportaient de la gaieté aux lieux par leurs couleurs vives et leurs ébauches festives. Puis, son regard s'attarda sur Maguy, la brunette aux cheveux bruns bouclés aux yeux sombres et au petit nez épaté et enfin, sur Jeanette, la blondinette aux cheveux fins blonds et aux yeux clairs. Elle sourit de ce contraste mais ne fut pas étonnée pour autant… Un air de déjà vu trônait dans son esprit.

— Asseyez-vous Hélène, vous devez être fatiguée par le voyage.

— Merci, Maguy ! Pouvons-nous nous tutoyer ? Nous sommes cousines germaines… Et je tiens à te remercier pour ton hospitalité. J'aurais tout aussi bien pu séjourner à l'hôtel et éviter de te déranger…

Maguy éclata de rire.

— Il ne manquait plus que ça, que je laisse la fille de tante Victoria dormir à l'hôtel, alors que ma maison est remplie de chambres ! Répondit-elle. Victoria, qui nous envoyait de magnifiques poupées et des vêtements pour Noël. Te souviens-tu Jeanette ?

— Si je m'en souviens ! Chaque année, nous attendions le facteur avec impatience !

Hélène eut un mouvement de surprise, elle n'avait pas connaissance des cadeaux expédiés par sa mère… Comment s'y était-elle prise ? Elle avait certainement mis une de ses employées de maison dans le secret, pensa-t-elle…

Maguy servit du café et du thé pour Hélène accompagné d'un gâteau à l'ananas qu'elle aimait préparer lorsqu'elle recevait.

— Jeanette va rester avec nous durant ton séjour.

Cette dernière leva la tête et lança un regard espiègle à Hélène. *Qu'elles sont charmantes, mes cousines !* se dit-elle. *Il aurait été tellement agréable de jouer avec elles…*

— T'en rends-tu compte Maguy, qu'Hélène était à quelques kilomètres de nous lorsque nous avions une quinzaine d'années ?

— Oui ! Pauvre papa ! Il aurait tant aimé rencontrer la fille de sa sœur…

— Alors, ma chère Hélène ! J'attends ton récit avec impatience. Tu m'as dit avoir des révélations à nous faire…

— Oui ! Moi aussi, j'en rêve… reprit Jeanette. Mais, que faisais-tu avec l'ancien petit-ami de Meguy ? Comment as-tu obtenu ses coordonnées ?

Hélène regarda sa cousine d'un air attendri.

— Le plus simplement du monde ! répondit-elle. Je me suis connectée à mon compte Facebook et j'ai visionné les amis de Meguy. Bixente n'en faisait plus partie, mais ce fut simple de récupérer les informations familiales sur le compte de son frère Peio. Par la suite, j'ai contacté l'entreprise de son père et j'ai obtenu le numéro de téléphone de Bixente. Meguy n'est pas dans la confidence à l'heure actuelle… Ma petite fille ignore ma présence en France et elle est loin de se douter de ma rencontre avec lui…

Hélène leva les yeux sur ses cousines abasourdies, qui n'avaient pas tout compris. Devant leurs mines interrogatives, elle poursuivit son récit en oubliant les réseaux sociaux et en se concentrant sur la vraie vie, ce qui les ranima.

Maguy, la brune pétillante écoutait le récit d'Hélène, tout en donnant son point de vue avec assurance. Quant à la douce et calme Jeanette, elle restait attentive, souriant avec bienveillance à sa cousine. Hélène se sentait en confiance auprès de sa famille, même si elle ne connaissait ses parentes que depuis quelques semaines. Elle pressentait qu'un lien sacré les unissait et qu'elle pouvait compter sur elles.

— Comment vas-tu t'y prendre avec cette Maïder ?

— Je ne sais pas encore… Je pense que le moment me portera… Son attitude, aura probablement, une influence sur mon comportement…

— Ce serait tout de même extraordinaire de retrouver le beau Victor…

— De nos jours avec internet, l'impossible devient possible…

— Je te le souhaite ! répondit Maguy.

Les vieilles dames passèrent la journée et le dîner à échanger des anecdotes sur leur enfance. Chacune appuyait ses dires en présentant d'anciennes photos, apportées ou sorties pour l'occasion. Rires et larmes furent cadencés.

— C'est dans nos cœurs qu'ils vivent encore…

— Je les chéris chaque jour, Papa, Maman… confia Jeanette de sa voix enfantine.

Hélène déposa sa main sur la sienne.

— Comme j'apprécie ta sensibilité Jeanette !

Elle posa son autre main sur celle de Maguy et se tournant vers elle,

— Et ta spontanéité Maguy !

Toutes trois à cet instant précis ressemblaient aux petites filles qu'elles avaient été, unies à présent, par l'amour filial et le simple plaisir d'être ensemble.

Comme convenu, Bixente se présenta chez Maguy le lendemain en début d'après-midi. Il se sentit intimidé devant les aïeules de Meguy qui le regardaient, tour à tour avec animosité, curiosité, et enfin amabilité. Hélène ne le fit pas attendre trop longuement, juste le temps qu'il déguste le café que Maguy lui avait servi dans le salon. Elle le rejoignit toute de blanc vêtue. Son ensemble pantalon tunique en lin, rehaussé par des ballerines beiges à petits talons, lui seyait à merveille. Un lainage en coton et un lourd bracelet en argent massif complétaient sa tenue. Ses jolis cheveux blancs coiffés en catogan lui donnaient fière allure. Elle prit sa canne, son sac Hermès et le suivit jusqu'à sa voiture après avoir embrassé ses cousines qui lui recommandèrent la plus grande prudence.

— N'ayez crainte ! Je ne risque rien… On se retrouve ce soir !

Bixente, avec élégance, ouvrit la portière et attendit qu'Hélène soit confortablement installée avant de prendre place au volant. La route menant d'Ahetze à Arcangues fut interminable pour Hélène et les innombrables virages lui donnèrent la nausée mais elle releva fièrement le menton et calma son pouls, prête à affronter son destin. En roulant sur le chemin les conduisant à la propriété de Maïder, et par la même occasion, devant *Les persiennes bleues*, Hélène laissa échapper une exclamation !

— Oh, mais c'est chez Pantxiqua…

— C'est exact ! Les parents de Pantxiqua avaient bâti cette maison et elle en a hérité à leur disparition. Hélas, lorsque son époux est décédé, elle l'a vendue… À présent, c'est une maison d'hôtes où Meguy louait sa chambre.

Hélène porta la main à sa bouche.

— Comme c'est curieux… Meguy a choisi la maison où résidait ma meilleure amie, face à celle des parents de Victor…

— Ce n'est pas si invraisemblable que ça en a l'air… Le village est petit et il n'y a pas d'autres maisons d'hôtes, à ma connaissance… Il y avait de fortes probabilités pour que Meguy choisisse cet endroit.

Hélène regarda Bixente et se fit la remarque *que son caractère peu ouvert ne devait pas être facile à vivre au quotidien… Elle garda sa pensée secrète et se dit qu'il devait tout de même avoir de nombreuses qualités pour que Meguy soit tombée sous son charme…*

Bixente gara sa voiture près de la porte d'entrée. Il s'enquit auprès d'Hélène sur son souhait de poursuivre ou non les investigations…

— Je suis prête, lui répondit-elle, déterminée.

Toutefois, il ressentit un doute. *Avait-il le droit d'infliger cette rencontre à sa grand-mère ? Et si elle le vivait mal, quelles en seraient les conséquences ?* Il se passa la main dans les cheveux. *De toute évidence, il ne pouvait plus reculer, il était trop tard pour ce genre de décision…*

Il sortit du véhicule, en fit le tour et tendit sa main à Hélène, qui portée par une force soudaine, quitta habilement son siège. Il pénétra dans la maison, suivie de près par la vieille dame.

— *Amatxi*, où es-tu ? C'est Bixente…

Il la chercha dans toutes les pièces du rez-de-chaussée sans succès et s'apprêta à gravir l'imposant escalier menant à l'étage, quand son regard se porta sur une silhouette au travers de la fenêtre. Maïder se trouvait à l'extérieur de la maison, dans le potager, près des serres. Il proposa à Hélène de prendre place sur un fauteuil en lui demandant de l'attendre patiemment. Ce qu'elle fit de mauvaise grâce en s'asseyant dans l'unique assise de la pièce. Elle observa son entourage et ne fut pas surprise du manque de goût et de style que l'habitat trahissait. *Décidément, les fées ne s'étaient pas penchées sur le berceau de Maïder,* pensa-t-elle sans aucune indulgence. *Qu'elle fût une peste à son adolescence était une chose... mais le fait qu'elle s'en soit prise à sa petite-fille la rendrait impitoyable. Elle ne s'en sortirait pas si facilement, elle avait déclaré la guerre, elle l'aurait... Pour qui se prenait-elle, cet épouvantail ébouriffé, qu'aucun garçon de l'époque ne regardait, à cause de son* manque *de douceur et de féminité ?*

Hélène eut une pointe de lucidité et se dit qu'elle n'avait pas sa place dans la maison de son ennemie. Elle se leva et prit l'initiative de partit à la recherche de Bixente et de Maïder. Après quelques pas dans le jardin, elle se retrouva face à la petite sœur de Victor... Bixente était à ses côtés et n'avait pas eu le temps de l'informer de sa visite. Stupéfaite, Maïder en fit tomber son panier rempli de luzerne pour les lapins. Ses yeux noirs se rétrécirent et vinrent saisir Hélène, qui reçut sa haine en plein visage. Celle-ci n'aima pas ce qu'elle lut dans son regard mais n'en perdit pas pour autant le contrôle de ses émotions.

— Bonjour Maïder, lui dit-elle d'un ton neutre.

Celle-ci ne répondit pas et se tourna vers son petit-fils :

— Que fait-elle chez moi ?

À la grande surprise d'Hélène, il riposta avec autorité :

— Je pense que tu devrais écouter ce qu'elle a sur le cœur.

— Cela ne me concerne pas ! Et je n'ai rien à lui dire...

— Dis-lui toi-même ! Regarde-la une bonne fois pour toutes et que l'on en finisse avec cette histoire qui gâche nos vies...

Maïder aimait profondément son petit-fils qui avait toujours répondu présent en maintes occasions. Par affection pour lui, elle capitula et mit de côté sa rancune et son caractère renfrogné.

— Que souhaites-tu savoir Hélène ?

— Tu m'as donc reconnue, Maïder… Cela fait si longtemps… Te souviens-tu ?

— Trêve de balivernes ! Que veux-tu ?

— Je veux voir Victor !

— C'est maintenant que tu te réveilles, après l'avoir lâchement abandonné entre les mains des gendarmes…

— C'est peut-être la version que tu retiens, mais tu sais très bien au fond de toi que c'est grâce à mon témoignage que Victor a été libéré. Vois-tu, j'ai passé un pacte avec ma mère, ne me laissant pas d'autre alternative que de quitter la France immédiatement si je voulais sauver Victor… Elle ne m'autorisait à dire la vérité que sous cette condition en m'interdisant de revoir l'homme que j'aimais.

— Je ne te crois pas…

— Pourtant, j'ai témoigné en sa faveur ! J'ai dit, lors de mon interrogatoire, que ton frère était avec moi lorsque le cri de cette pauvre Olga a retenti… D'ailleurs, moi non plus je ne te crois pas… Où te trouvais-tu ce soir-là ?

Le teint de Maïder devint cramoisi. Sous l'insinuation d'Hélène, elle eut le souffle coupé.

— Comment se fait-il que tu aies été la seule à ne pas avoir été convoquée à la gendarmerie ? En raison de ton jeune âge, je suppose… Et pourtant…

Les paroles d'Hélène étaient devenues suspicieuses et Bixente sortit de sa torpeur.

— Doucement, Hélène, vous allez trop loin…

Hélène regarda Bixente avec conviction.

— Je ne pense pas, hélas, Bixente… Depuis peu, des souvenirs refont surface… Suite à une séance d'hypnose, je me suis rappelé avoir entendu ce maudit sifflet que Victor avait gagné au tir à la carabine…

Et se tournant à nouveau vers Maïder :

— Il te l'avait donné car tu étais envieuse de la belle peluche qu'il m'avait offerte.

Le trouble dans l'esprit de Bixente apparut. Il ne s'interposa plus et laissa Hélène poursuivre ses accusations.

— Tout le monde savait que tu étais amoureuse de Sergei. Il était indifférent à tes avances car tu étais trop jeune et qu'il préférait les filles plus mûres, plus audacieuses.

Hélène haussa le ton :

— Qu'as-tu fait ce jour-là, Maïder ? J'ai retourné mille fois le scénario dans ma tête, pourquoi ce sifflet a-t-il retenti ?

À ces mots, des larmes montèrent aux yeux de Maïder… Bixente se tourna vers elle et eut un haut-le-cœur.

— *Amatxi*, dis-moi que ce n'est pas possible…

Hélène insista à nouveau :

— Comment as-tu pu laisser un innocent se faire arrêter ? A fortiori, ton frère, ton sang… Je suis persuadée que Victor avait compris, c'est pourquoi, il ne s'est pas défendu plus ardemment et c'est pourquoi, il a fui son pays, sa famille, ses amis… Quel monstre es-tu donc ?

Bixente hurlait :

— C'est vrai, grand-mère ? Est-ce que les dires d'Hélène sont justifiés ?

Maïder leva sur lui un visage baigné de larmes mais ce qu'elle vit dans le regard de son petit-fils la terrifia.

— C'était un accident…

Bixente tenait sa tête entre ses mains, horrifié de ce qu'il venait d'apprendre. Avec véhémence, Maïder répondit à Hélène :

— C'était un accident ! Oui, j'étais amoureuse de Sergei... Et alors ? Vous aviez toutes un amoureux, sauf moi... Il était en couple avec Olga, mais il m'aimait bien... Dans la journée, il m'avait prise dans ses bras et avait dégrafé le haut de mon chemisier. Tu m'avais prêté des vêtements de fille et Pantxiqua m'avait épilé les sourcils et maquillée. C'était la première fois que je portais des talons, je me sentais comme vous...

Hélène se souvint de la transformation de Maïder. En un après-midi, de garçon manqué, elle s'était transformée en une adolescente presque séduisante. Elle aurait pu être jolie, si elle n'avait pas eu cette sorte de méchanceté qui déformait ses traits. Elle l'avait relookée avec un chemisier en soie beige porté sur une jolie jupe noire avec des petits motifs blancs et chaussée de talons compensés en toile blanche. Pantxiqua avait discipliné sa chevelure à l'aide d'un joli serre-tête et l'avait légèrement maquillée en insistant sur sa bouche généreuse avec un rouge à lèvres rouge sang et avait appliqué sur ses ongles un vernis assorti. Les deux copines s'étaient tapées dans la main en guise de réussite, satisfaites de la mutation. Il était tout à fait possible que Sergei ait flirté avec la petite Maïder métamorphosée. Il avait si peu de scrupules...

Consciente de libérer sa conscience, Maïder poursuivit :

— J'enviais Olga, elle n'avait qu'à claquer des doigts et elle avait tous les garçons à ses pieds. Elle n'avait pas besoin de Sergei. Elle ne l'aimait pas. Il la gâtait et elle en profitait... Elle était amoureuse de mon frère, mais lui, il avait le béguin pour toi, l'Anglaise. Sans toi, je suis persuadée qu'il aurait fréquenté Olga et moi j'aurais peut-être pu avoir Sergei. Et... ce soir-là, je l'ai suivie... Elle avait fixé un rendez-vous avec un jeune d'une autre bande de Biarritz, derrière la chapelle de la Madeleine. Je le savais, parce que le garçon en question était le frère d'une de mes copines. Il se vantait d'avoir un rencard avec la pin-up du coin. Bien évidemment, elle ne s'attendait pas à me voir et m'a demandé ce que je faisais là. Je lui ai répondu que je savais tout et que j'allais la dénoncer à Sergei. En retour, elle s'est moquée de moi, a éclaté de rire et m'a mise au défi de le faire. Je ne m'attendais pas à ce scénario. Je pensais qu'elle allait me supplier de garder le secret et qu'en échange de mon silence, elle se plierait à mes exigences. Prise au dépourvu, j'ai insisté pour qu'elle me laisse Sergei mais son rire dédaigneux a redoublé tel un écho qui résonne encore dans mes oreilles aujourd'hui. Elle s'est adressée à moi avec cruauté :

— Ma pauvre Maïder, mais que crois-tu ? Même si je quittais Sergei, il ne voudrait pas de toi… Tu t'es regardée dans un miroir, avec ton gros nez ? Tes cheveux hirsutes et tes poils épais ? Sais-tu comment te surnomme Sergei ? Cheeta ! Le singe de Tarzan est la sœur de Victor ! Elle s'est remise à rire.

Mon sang n'a fait qu'un tour et pour me calmer, j'ai soufflé de toutes mes forces dans le sifflet que Victor m'avait donné. Mais le garçon manqué que j'étais a ressurgi. Alors, je me suis jetée sur elle et je l'ai poussée de toutes mes forces. Hélas, elle était tout près du bord de la falaise et je l'ai vue basculer en arrière. Abasourdie par ma violence, je me suis approchée. Son corps inanimé gisait à une quinzaine de mètres plus bas, entouré d'une flaque de sang au niveau de la tête. J'ai compris que quelque chose de grave s'était produit… L'unique solution, à ma portée, fut de courir le plus loin possible sans m'arrêter. J'ai fui, sans jamais croiser quiconque. J'étais terrifiée…

Bixente éclata en sanglots. Hélène resta imperturbable, une main posée sur son cœur. Cette nuit-là avait transformé de nombreux destins… Que se serait-il passé si cet évènement ne s'était pas produit ? Et cette pauvre Olga qui avait tout l'avenir devant elle… Subitement, Hélène eut de la pitié pour Maïder et sa compassion se lut sur son visage.

Maïder baissa les yeux et son corps se mit à tanguer lentement de droite à gauche pour s'effondrer sur le sol dans un bruit assourdissant. Bixente accourut auprès de sa grand-mère.

— Hélène prenez mon téléphone dans ma poche, composez le 18 et prévenez les pompiers. C'est urgent !

Comme une automate, Hélène s'exécuta tout en regardant Bixente pratiquer un massage cardiaque à Maïder, inerte.

Les pompiers arrivèrent rapidement et relevèrent Bixente. Ils donnèrent les premiers secours à Maïder et la conduisirent en urgence à l'hôpital le plus proche.

Bixente regarda Hélène

— Qu'avons-nous fait ? Nous avons tué ma grand-mère…

Chapitre 15

Don't believe a word (N'en crois pas un mot)
For words are so easily spoken (pour des mots qui sont si facilement dits)
Your heart is like a promise (ton cœur est comme cette promesse)
Made to be broken (faite pour être brisée)

Don't believe a word, Thin Lizzy

Bixente était penché sur sa grand-mère et de gros sanglots soulevaient sa poitrine. Son armure d'acier s'effondrait, laissant place à une fragilité non dissimulée. La sensibilité, enfouie au fond de lui, remontait à la surface, se mêlant à l'amertume de l'infamie.

— *Amatxi*, je te demande pardon… J'espère que tu te remettras rapidement…

Maïder bougea légèrement les paupières et finit par ouvrir des yeux apeurés. Elle était en proie à une grande tristesse. *Que lui était-il arrivé* pensa-t-elle ? Du regard, elle inspecta les lieux et reconnut un lit d'hôpital dans une pièce austère et du mobilier médicalisé. En tournant la tête, elle aperçut une perfusion qui pendait à son bras. Du bout de ses doigts, elle caressa la main de son petit-fils, qui baissa sur elle son visage couvert de larmes.

— Comment te sens-tu ?

Elle tenta d'ouvrir la bouche mais une vive douleur à la poitrine l'en empêcha.

— Repose-toi, n'essaie pas de répondre. Je reste auprès de toi… Papa et maman ne vont pas tarder… Nous nous relayons depuis deux jours… Tu as dormi profondément.

Cela faisait à peine deux jours qu'elle était dans cet état ! Elle qui aurait tant souhaité s'endormir pour l'éternité. Ce n'était pourtant pas si difficile, il suffisait de fermer les yeux et de se laisser aller, glisser peu à peu dans les ténèbres… Comment ? Son petit-fils ne la détestait pas malgré ses révélations ? Ni son fils, visiblement…

Des larmes se mirent à rouler sur ses joues.

— *Amatxi*, ne pleure pas… Je t'en supplie. Oublions cette histoire… C'est toi, qui avais raison… Nous n'avions pas à déterrer le passé…

Bixente était incapable de résonner avec clarté, l'éventuelle perte d'un être cher avait changé la donne. Le bon et le mauvais n'étaient plus en dualité dans son esprit. L'unique vision qui le hantait était le malaise cardiaque de sa grand-mère. Peu importait ses actes, l'amour filial, inconditionnel l'emportait sur tout… ou peut-être était-ce le poids de sa propre culpabilité ? Maïder secoua la tête.

Elle ne désirait pas retourner dans ses abîmes qui l'avaient rendue prisonnière toute sa vie. Elle avait perdu son intégrité et son frère qu'elle chérissait tant alors, le privant de son destin, de sa famille… Hélène avait employé les mots adéquats. Quel monstre était-elle ? À cause de son manque de courage, qui s'était métamorphosé pas à pas en un terrible fardeau… Mais la parole l'avait enfin délivrée. Elle se sentait prête à répondre de ses actes. Aujourd'hui, on ne pourrait lui reprocher son acte d'héroïsme... car il en fallait pour être capable de libérer sa conscience et affronter le jugement des autres...

D'une petite voix, elle réussit à articuler :

— Je dois me livrer à la justice...

— Quelle justice, *Amatxi* ? Il y a prescription... Tu ne seras pas ennuyée, ne t'inquiète pas. Pense à reprendre des forces et nous verrons comment clarifier cette histoire. Je t'accompagnerai pour entreprendre tes démarches.

Elle serra la main de Bixente et se sentit légèrement réconfortée par ses paroles apaisantes.

— Je le dois à Victor... Va le chercher...

Bixente était déstabilisé par ce subit changement d'attitude.

— Cela peut attendre quelques jours supplémentaires... Tu as eu un infarctus, tes jours ne sont pas en danger, mais tu dois rester prudente et te reposer.

— Je ne peux plus attendre... Ramène-moi Victor !

— Mais grand-mère, je ne sais pas où se trouve Victor, ni même s'il est toujours vivant !

Maïder regarda son petit-fils, les yeux toujours embués de larmes.

— Dans le grenier, chez tes parents, tu trouveras dans une malle, un vieux livre, *Les hauts de Hurlevent*, je crois... Dans la couverture, sous le cuir, j'ai glissé l'adresse de Victor. Il vit en Croatie...

Bixente se releva d'un bond et passa machinalement la main dans ses cheveux.

— J'ai récupéré le livre ! Il se trouve dans ma bibliothèque depuis plusieurs années... lui répondit-il.

Il se vit le lire, le toucher, le retourner entre ses mains.

— Hélène l'avait offert à mon frère… Il est parti sans l'emporter, le laissant dans sa table de nuit. J'avais caché son adresse à son intention, si jamais il m'était arrivé malheur et qu'elle aurait souhaité le retrouver…

Bixente regarda sa grand-mère avec lassitude. *Son caractère buté lui avait fait commettre de nombreuses erreurs…* pensa-t-il.

— Pars vite, mon enfant… Ne t'inquiète pas pour moi… Le temps passe, révèle la vérité à Victor, s'il est toujours de ce monde… Je t'en supplie.

— Très bien grand-mère… Je ferai de mon mieux, je te le promets…

Avant de la quitter, il lui déposa un baiser sur le front.

Comme il le lui avait promis, il se rendit rapidement chez lui et récupéra le livre dans la bibliothèque. Il se souvint des propos de Meguy, le tenant dans ses mains, lui affirmant que sa grand-mère possédait la même édition… Elle lui avait posé la question : « *Qui est V.H.H.V ?* » *C'est d'une évidence !* se fit-il la remarque. *Victor Hélène, Hélène Victor… Les indices étaient sous ses yeux et il avait été incapable de les voir…* Il déposa l'ouvrage sur la table du salon et se rendit dans la salle d'eau pour faire un brin de toilette. Apprêté d'une chemise en jeans, d'un pantalon en toile et d'une paire de baskets, il contacta Hélène qui l'invita à la rejoindre chez sa cousine.

Hélène n'avait aucune empathie pour Maïder. Incontestablement, la voir s'effondrer à ses pieds ne l'avait pas remplie de joie mais ne l'avait pas accablée pour autant. Elle ne pourrait jamais lui pardonner le mal qu'elle avait causé. *Elle ne lui souhaitait pourtant pas la mort qui, à son avis, serait plus douce que le poids de ses remords… si tant était qu'elle eut un cœur,* pensa-t-elle… Elle se sentait épuisée par la tragédie de sa vie et terriblement attristée par le sort réservé à Victor.

Bixente pénétra chez Maguy, les traits tirés. Il trouva les vieilles dames installées autour de la table de la salle de séjour. Maguy l'invita à prendre place et lui proposa une chaise qu'il choisit d'installer auprès d'Hélène. Avant de lui relater le but de sa visite, il lui tendit l'ouvrage sans ménagement. À sa vue, Hélène devint livide. D'une main, elle se tint le visage et de l'autre caressa le vieux livre.

— Il existe toujours ! lança-t-elle avec une pointe de dérision qui cachait cependant une émotion profonde. Je ne pars jamais sans le mien… Elle se leva de son siège, se dirigea vers sa chambre et revint avec son jumeau. Mon grand-père nous les avait offerts, à mon frère et moi… Il les avait trouvés chez un antiquaire de Londres. Les éditions avaient appartenu à deux jeunes sœurs de la noblesse anglaise. À sa manière, je pense qu'il avait souhaité nous faire prendre conscience du bien et du mal et de l'impact de l'éducation sur les caractères. Mon frère n'en a eu que faire et l'a écarté aussitôt. J'ai récupéré son exemplaire et lorsque j'ai rencontré Victor, notre amour était si fort que j'ai décidé de lui offrir.

Maguy et Jeanette restèrent silencieuses, émues par les paroles de leur cousine.

— Hélène, je vous ai apporté cet exemplaire qui est dans ma bibliothèque depuis déjà, quelques années. D'après les révélations de Maïder, sous le cuir se trouve un papier concernant Victor.

Médusée par les révélations de Bixente, Hélène ne répondit pas de suite, perdue dans ses pensées elle se parlait à elle-même.. *Les personnes de ma génération et les autres avant, cultivaient le mythe du secret et cachaient des objets, des documents et même de l'argent dans des endroits insolites… J'avais bien enfoui la photo de Victor dans le cercueil de mon chat !* Cette dernière constatation lui rendit le sourire et elle s'entendit s'exprimer avec dynamisme :

— Ouvrez-le Bixente !

Maniant avec habileté la lame de son couteau, Bixente décolla l'intérieur de la couverture mais n'y trouva aucun indice. Il se rendit à la dernière page du roman et réitéra son geste. Une petite feuille blanche soigneusement pliée apparut devant leurs yeux, qu'il tendit aussitôt à Hélène. Elle passa ses lunettes pendant le long d'une chaîne à son cou et lut la signature de Pantxiqua. Elle se redressa.

— Je pense que la lecture de cette lettre vous revient Bixente, elle est adressée à votre grand-mère. Elle a été rédigée par Pantxiqua.

Les mains d'Hélène tremblaient en lui tendant la missive. Bixente débuta silencieusement sa lecture, puis à haute voix :

À Zadar, le 3 janvier 2000

Ma chère Maïder,

Aujourd'hui, nous rentrons dans une nouvelle ère… De nombreux changements opèrent… Comme tu as pu t'en apercevoir, je viens de vendre la maison de mes parents. Cette maison qui m'a vu naître, qui a vu naître mon frère et qui a vu partir mes parents et mon Gorka.

Je ne souhaite pas y vivre seule et je pense que je ne l'aime plus autant, depuis la mort de mon frère. Son corps sans vie dans sa chambre a toujours hanté mes nuits.

Je la laisse entre de bonnes mains…

J'ai dit à tout le monde vouloir rejoindre Edurné aux États-Unis mais il n'en est rien. Après toutes ces années, j'ai retrouvé Victor au fin fond de l'Andalousie.

Il m'a terriblement manqué, comme tu t'en doutes… Il a liquidé ses affaires en Espagne pour prendre sa retraite et me retrouver.

Je lui ai rendu visite. Si tu voyais comme il est beau… Il a vieilli, mais il a toujours ce regard noir perçant et ce sourire ravageur qui faisait chavirer le cœur des filles.

Ensemble, nous avons racheté le restaurant d'un de ses amis en Croatie. Edurné et son mari sont motivés pour le tenir et Victor et moi occupons l'autre partie de la maison.

Je t'ai caché la vérité parce que ta colère envers lui est encore trop vive… Je suis consciente que, parler du passé est insoutenable pour toi.

Pour cette nouvelle année, que je te souhaite agréable, j'espère que tu pourras mettre tes griefs de côté et nous rendre visite à Zadar.

Voici notre nouvelle adresse : Restaurant Il Padrino, Milhovila Pavlinovia 14, 23000 ZADAR

Ne tarde pas trop.
Bien affectueusement,

Pantxiqua.

Hélène prit sur elle pour ne pas fondre en larmes. Quant à Maguy et Jeanette, habituées à davantage de spontanéité, essuyaient leurs yeux larmoyants à l'aide de leurs mouchoirs. Bixente avait la gorge nouée. *Comment Maïder avait-elle osé cacher ces informations à sa famille ? Mais au fond, pour qui était-ce si important ? Leur père ? Leur oncle ? Ils n'avaient jamais montré le moindre intérêt pour Victor... Seuls Peio et lui avaient développé de la curiosité à l'encontre de l'étrange Victor.*

À cet instant, l'espoir d'Hélène ressurgit. Elle pressentit qu'elle s'approchait du but.

— Que faisons-nous à présent ? demanda Bixente.

— Je veux aller en Croatie. Je sens au fond de mon cœur que je dois m'y rendre.

— Très bien Hélène, je vous accompagne. J'ai une ultime mission avant de vous suivre : prévenir Peio et Meguy.

— Soyez discret, je n'ai pas informé Meguy de notre rencontre ni de ma présence au Pays basque...

Bixente resta coi et prit congé des vieilles dames. Installé dans son véhicule, les yeux levés sur le sommet de la Rhune, il prit son téléphone et envoya un message à son frère.

À la radio, les paroles du groupe *Celle qui vole* retentirent :

Mon corps tout abîmé par tous les mots[10]
Par leur poids
Mon Dieu, que les mots blessent.
Quand on pense grand, je ne suis pas de celles que l'on nomme
Je suis juste une fille banale
Je suis juste une fille normale
Je n'ai peut-être pas ce qui a fait de vous des femmes...

---

[10] Au pied du Panthéon, Jérôme Pommelet, Katia Villard.

Chapitre 16

Al-lez viens, j'tem-mène au vent
J't em-mène au-des-sus des gens
Et je vou-drais que tu te rap-pelles
Notre a-mour est é-ter-nel et pas ar-ti-fi-ciel

J'temmene au vent, Louise Attaque

— Bixente m'a fait parvenir l'adresse de Victor !

— Excellent ! Où se trouve-t-il ?

— S'il fait toujours partie de ce monde… il serait en Croatie, à Zadar pour être précis ! Il aurait fait l'acquisition d'un restaurant nommé « Il Padrino » ! Comment Bixente s'y est-il pris avec ma grand-mère ? En définitive, je ne suis pas surpris, il a toujours été son préféré, ils se comprennent tous les deux… Taciturnes, mystérieux, têtus, voire butés…

Meguy choisit d'ignorer la dernière remarque de Peio avant de lui donner son avis :

— C'est une excellente nouvelle ! Mais à vrai dire, je n'ai aucune envie de me retrouver nez à nez avec Bixente…

— Ne te fais pas de soucis, Meguy, je ne pense pas qu'il aille jusqu'en Croatie… Il est beaucoup trop rancunier pour ça…

Meguy sautait de joie, ces informations cruciales relançaient la dynamique et ils allaient pouvoir reprendre la route. En transit à Séville depuis trois semaines, elle se languissait d'attendre un appel de Bixente… *S'il n'avait pas donné de signe de vie, elle aurait pris la sage décision de quitter l'Andalousie et de s'installer chez sa grand-mère dans le Kent, pour quelque temps, afin d'y voir plus clair… Cette situation auprès de Peio n'avait que trop duré… Pourquoi attendre davantage ? Trop de temps était passé et le leur était compté…*

À peine deux journées plus tard, ils décollaient de Séville pour atterrir à Dubrovnik et, les yeux pétillants de fougue, ils attendirent patiemment leurs bagages. En voiture de location, ils se rendirent à la pension de famille où ils avaient réservé des chambres à coucher. Leur départ pour Zadar étant prévu seulement pour le lendemain, sur ces entrefaites, ils profitèrent de leur après-midi pour flâner dans la belle cité médiévale. En longeant Stradun, la longue rue principale, aux façades blanches et aux sols pavés de calcaire, ils eurent la délicieuse idée de se promener sur le chemin de ronde des remparts, qui offrait une vue incroyable sur la côte croate et la mer Adriatique. Du haut de la vieille tour, le paysage était à couper le souffle, propre à susciter l'envie de partir à l'aventure, de voguer sur une mer étincelante et de s'y perdre dans son immensité… Ils étaient à l'apogée de leur enthousiasme. Rien que d'échanger leurs émotions, ils en eurent des frissons tout le long de leur colonne vertébrale.

— Il semblerait que nous touchions au terme de notre voyage ! Que comptes-tu faire après ?

Meguy répondit spontanément. Elle n'avait pas l'intention d'assombrir sa journée en se posant trop de questions. Elle souhaitait savourer ce petit succès qui, peut-être, n'aurait qu'une courte durée, car à ce jour, ils n'avaient pas encore la certitude que Victor soit toujours vivant…

— Je vais contacter ma grand-mère et lui demander si je peux m'installer chez elle… Je réfléchirai par la suite à donner un sens à mon avenir.

Elle lui offrit son plus joli sourire.

— Et toi quels sont tes projets ?

— Je ne sais pas… J'ai envie de voyager, de parcourir le monde…

— Et le Pays basque ? Et ta famille ?

Peio ricana.

— Les liens avec mon frère sont brisés… Je ne pense pas que nous puissions à nouveau vivre dans de mêmes lieux…

— Ne dis pas de sottises… Que feras-tu à des milliers de kilomètres de ta famille ?

— Si tu m'accompagnes, je ne serai pas seul…

La proposition était tentante pensa-t-elle, mais serait-elle libre auprès de son compagnon de route ? N'exigerait-il pas d'autres sentiments que de l'amitié en retour ? Comment lui faire comprendre qu'il n'y avait pas d'avenir possible entre eux ? Meguy esquiva la proposition de Peio et se sentit honteuse de sa lâcheté mais l'heure des explications n'avait pas encore sonné… D'un pas léger, ils poursuivirent leur visite dans les ruelles de Dubrovnik.

Dans cet état d'apesanteur, ils prirent la direction de Zadar, le lendemain matin, après le petit-déjeuner. Malgré ses trois cent quarante-sept kilomètres, le trajet passa rapidement. Peio était au volant et Meguy chantait en écoutant d'anciens tubes à la radio :

« [11]Hoy en mi ventana, brilla el sol, y el corazon, Se pone triste contemplado la ciudad, Porque te vas. Como cada noche desperté pensado en ti. Y en mi reloj todas las horas vi pasar, Porque te vas… »

« [12] Once I have a love and it was a gas, Soon turned had a heart of glass, Seemed like the real thing, only to find, Mucho mistrust, love's gone behind… »

Tout comme à leurs habitudes, ils s'émerveillèrent de la beauté des paysages et extrapolèrent sur leurs nouvelles représentations de la vie trépidante de Victor.

Dans l'après-midi, sous un soleil réconfortant de fin de septembre, ils arrivèrent dans la belle ville de Zadar. Il faisait encore bon en sillonnant le bord de mer, où ils se posèrent un instant pour écouter la musique que jouaient les vagues sur le mystérieux orgue naturel de la cité.

Ils s'accordaient cette dernière pause pendant que leur espoir était encore intact et que le bonheur se lisait sur leurs visages. Prêts à affronter la vérité, ils poursuivirent leur quête jusqu'à la terrasse du café-restaurant *Il Padrino* situé en front de mer à quelques centaines de mètres de leur parenthèse récréative. Ils ne pouvaient pas se tromper, les façades de l'établissement étaient peintes de portraits de Marlon Brando et d'Al Pacino. Ils prirent place sur la terrasse établie de l'autre côté de la route et

---

[11] Porque te vas par Jeanette.
Aujourd'hui, à la fenêtre le soleil brille, et mon cœur s'attriste parce que tu pars. Comme chaque nuit, je me suis éveillé en pensant à toi, et sur ma montre j'ai vu défiler toutes les heures, parce que tu pars.

[12] Heart of Glass, Blondie
Un jour j'ai eu un amour et c'était le bonheur, puis s'est rapidement transformé en cœur de pierre, on aurait juré que c'était vrai seulement pour découvrir trop de traîtrise, l'amour s'en est allé.

échangèrent à haute voix sur un éventuel plan d'approche. Ils furent coupés dans leurs manigances par la venue d'un serveur qui leur conseilla de goûter au brunch croate mais sous l'emprise de leur exaltation réciproque, ils ne purent faire honneur à leurs plats. Exaltation qui se mua en observation excessive des déplacements du personnel et de l'activité à l'intérieur du bar, où ils n'aperçurent que la silhouette d'un jeune homme brun.

Au moment de régler l'addition, Peio entra dans l'établissement, suivi de près par Meguy qui n'en pouvait plus de cette attente interminable. Peio jeta un regard à la personne se trouvant derrière le comptoir. Se sentant observé, l'homme leva ses yeux foncés sur lui. Peio réagit le premier :

— Inaki ! C'est bien toi ? Quelle surprise !

Le garçon resta interdit quelques secondes et comme une évidence, sourit à Peio.

— Peio, cousin ! Qui l'eût cru ?

— Comme tu le dis si bien… Je viens d'apprendre la présence de Victor en Croatie et me voilà… Nous voilà, dit-il en lui présentant Meguy.

Le jeune homme détailla avec galanterie la belle Anglaise et la salua avec engouement. Il donna le change à son cousin.

— Victor ?

Le moment crucial était arrivé, les jeunes gens retinrent leur souffle et entendirent leur cœur s'emballer dans leur poitrine. Cette fraction de seconde leur parut la plus importante et la plus stressante de leur vie. Ils allaient enfin savoir si Victor faisait toujours partie de ce monde…

— Oncle Victor ne vit plus à Zadar depuis une dizaine d'années…

Au bord de l'asphyxie, les jeunes gens s'autorisèrent à respirer et retrouvèrent le sourire.

— Mais où vit-il donc ? Ne me dis pas que je vais être obligé de le poursuivre jusqu'aux États-Unis…

— Il n'est qu'à quelques centaines de kilomètres en direction du sud… Il vit à Primostein ! Il a investi dans une maison et l'a transformée en pension de famille…

Peio était réjoui, Meguy s'accrocha à son bras pour ne pas défaillir.

— Et toi ? Que fais-tu ici ?

— Je tiens l'établissement avec mes parents… Tu te souviens de ma mère, Edurné ?

— Bien évidemment ! Et Pantxiqua, comment va-t-elle ?

Les yeux d'Inaki s'embuèrent de larmes.

— *Amatxi* est décédée, il y a un peu plus de deux ans… Une sale maladie…

— Je suis sincèrement désolé…

D'un geste réconfortant, Peio avait touché l'épaule de son cousin. Meguy les observait sans mot dire. Les jeunes hommes n'avaient pas de traits de ressemblance. Leurs points communs se résumaient à leur taille, la couleur de leurs cheveux et leurs yeux noirs, tout comme de nombreux Croates… Pour faire diversion, Peio emmena Inaki sur un autre sujet :

— Tu devais avoir six ou sept ans la dernière fois que nous avons joué ensemble…

— Oui, c'est bien ça… Peu avant le décès de mon grand-père Gorka. Par la suite, ma mère a refusé de laisser *Amatxi* seule dans sa maison. Après avoir rencontré Victor, ils se sont installés ici. À l'époque, nous vivions à Chicago, mon père était ingénieur et sous l'insistance de ma mère, il a lâché sa carrière pour nous rapprocher de la famille… Tout est arrivé par hasard, lors de nos vacances au sud de l'Andalousie, j'étais enfant et en nous promenant dans les ruelles de Ronda, ma mère a lu sur la façade d'un garage « *V.H.H.V* réparations Basques ». Intriguée, elle est entrée… Elle est ressortie au bras de Victor !

Il interrompit ses révélations et porta son attention sur Meguy. Il se retourna vers Peio.

— C'est ta petite amie, je suppose !

— Non, celle de Bixente…

Peio avait répondu trop rapidement et eut envie de se flageller…

— Ah, ah… Sacré Bixente ! Toujours aussi veinard ! Je vous inviterais bien à passer la soirée avec mes parents… mais ils sont partis en Guadeloupe. Je suis bloqué ici jusqu'à la fermeture…

— Ne t'inquiète pas… Nous nous reverrons d'ici peu… Peux-tu me donner l'adresse de Victor ?

Inaki nota les coordonnées de la pension *Belle famille* sur un carnet de commandes et tendit le papier à son cousin, qui en profita pour demander l'addition.

— Tu plaisantes ! C'est gratuit pour la famille !

— À ce rythme-là, tu vas faire faillite…

— La famille ne court pas les rues…

Peio reçut sa remarque en plein cœur et lui adressa un sourire affecté. À son tour, Inaki posa une main réconfortante sur son épaule. Les cousins se quittèrent, après une empoignade musclée.

— *Adio* !

Le couple se remit en route en direction de Primostein. Ils revinrent sur leur pas d'environ une centaine de kilomètres et atteignirent leur destination en fin d'après-midi, à la tombée de la nuit. Une jeune femme blonde aux yeux clairs les accueillit chaleureusement. *Était-ce Elaïa, la petite sœur d'Inaki ? La dernière fois qu'il l'avait vue, elle avait environ deux ans.*

Peio ne put reconnaître aucun trait familier sur son physique et ne posa aucune question personnelle avant d'avoir rencontré le héros de son enfance. Cependant, lorsqu'ils demandèrent à rencontrer Victor, son visage se ferma et d'un ton catégorique, elle leur expliqua que le maître des lieux s'était retiré dans ses appartements. Ils pourraient le rencontrer dès le lendemain matin au petit-déjeuner, servi sur la terrasse surplombant la plage. Les jeunes gens cachèrent leur déception et regagnèrent leurs chambres réciproques. Meguy pénétra dans une pièce aux couleurs pastel et aux draps d'un blanc impeccable. Elle se dirigea vers le balconnet et se retrouva nez à nez avec Peio qui, lui aussi, avait besoin de calmer son impatience avec un bol d'air. Chacun, assis sur un fauteuil en rotin regardait l'horizon et le calme environnant. Le soleil se couchait sur la mer en offrant un camaïeu de rouge, d'ocre et de doré. La fraîcheur soudaine, les incita à rentrer se réchauffer et se souhaiter une agréable nuit. Meguy reconnut les paroles murmurées par Peio :

Sleep[13]
Sleep tonight
and may you dreams be realize
If the thunder cloud passes rain
So let it train, rain down on him
So let it be...

Ils n'avaient pas dîné mais aucun des deux n'aurait pu avaler quoi que ce fût avant d'avoir atteint leur but. Meguy choisit de calmer son excitation en se plongeant dans le dernier roman qu'elle avait acquis dans une petite librairie du centre-ville de

[13] « MLK », U2. Dors, dors ce soir. Et que tes rêves deviennent réalité. Si les nuages déversent la pluie, alors laisse pleuvoir, pleuvoir sur lui. Alors, ainsi soit-il…

Bayonne. La vie trépidante de Frida Khalo défilait devant ses yeux, sans pouvoir accaparer son attention. D'un geste las, elle déposa l'ouvrage sur la table de nuit et prit son téléphone. Elle s'était pourtant promis de ne contacter sa grand-mère qu'après leur entrevue avec Victor.

Le téléphone du cottage sonna à maintes reprises dans le vide… Une légère appréhension envahit Meguy… qu'elle dissipa tout aussitôt… *Était-il convenable de déranger sa grand-mère à une heure aussi tardive pensa-t-elle ? Tant pis pour les convenances, se dit-elle, l'enjeu en valait la chandelle…* Elle tenta de la joindre sur son téléphone portable et après plusieurs secondes d'attente, Hélène décrocha.

— Grand-mère, comme je suis heureuse de t'entendre ! J'ai tenté de t'appeler sur ta ligne fixe, en vain…

— Bonsoir Meguy ! En effet, je suis à l'extérieur, invitée par mes amies de l'association. Hélène mentait effrontément à sa petite-fille, mais elle ne souhaitait pas la contrarier en lui apprenant sa rencontre avec Bixente.

— C'est donc ça, le brouhaha que j'entends…

Hélène regarda Maguy et Jeanette et leur fit comprendre qu'elle se rendait dans sa chambre.

— Comment vas-tu Meguy ? Où te trouves-tu ?

— Grand-mère, j'ai une nouvelle importante… Assieds-toi !

Le ton était péremptoire, Hélène suivit les instructions de sa petite-fille. Elle s'installa confortablement dans un fauteuil et, un tantinet inquiète attendit patiemment les révélations de Meguy.

— Je suis prête, tu peux continuer…

— Nous avons retrouvé Victor…

La vieille dame faillit lâcher son téléphone. Tout comme le jeune couple quelques heures auparavant, elle s'arrêta de respirer. Son cœur s'était emballé et résonnait dans sa poitrine, dans sa tête. Les yeux lui piquaient et ses mains devinrent moites d'appréhension. Meguy n'entendait plus rien.

— Grand-mère, tu es toujours là ?

Hélène reprit son souffle

— Oui mon enfant, je suis là… J'essaie de calmer mon vieux cœur qui s'ébranle. As-tu rencontré Victor ?

— Pas encore… Demain, dès la première heure, je l'espère…

Meguy fit un léger résumé de ses derniers jours depuis son départ de Séville à sa grand-mère qui l'écouta sans l'interrompre. Lorsque Meguy eut terminé son récit, Hélène laissa exploser sa joie.

— Quel grand bonheur ! C'est un des plus beaux jours de ma vie ! Comment pourrais-je te remercier, mon enfant ?

— Te savoir heureuse, grand-mère, sera mon plus beau cadeau…

Des larmes d'émotion perlaient le long des cils de Meguy et mouillaient ses joues colorées.

— Donne-moi l'adresse de sa pension de famille, je vais réserver un vol et te rejoindre au plus vite…

— Veux-tu que je m'en charge ?

— Merci, mon ange, mais j'ai une personne de confiance qui sera à même de tout organiser. Hélène pensa à Bixente et ne put s'empêcher de sourire. Si Meguy savait…

— Te sens-tu capable de faire ce trajet en avion et de venir jusqu'ici ?

— Ma chère enfant, j'irais au bout du monde s'il le fallait… À cet instant précis, j'ai à nouveau seize ans !

L'amour est si merveilleux, pensa Meguy, qu'il transporte les êtres… Il est capable de miracles. Elle enviait sa grand-mère de connaître cet amour inconditionnel, qui embrase et chamboule jusqu'au fond de son être. Elle se garda de donner des nouvelles de Pantxiqua. Hélène aurait bien le temps d'en savoir davantage d'ici quelques jours.

— Je t'indiquerai la date de mon départ pour la Croatie… En attendant, sois prudente… Et ne fais pas de sottises avec le beau Peio !

— Très bien Grand-mère ! J'attends de tes nouvelles !

Meguy ne put s'empêcher de sourire à la mise en garde de sa grand-mère.

Chapitre 17

In the window, there's a face you know (Sur la vitre, un visage connu se reflète)

Don't the night pass slow (la nuit ne passe pas vite, n'est-ce pas ?)

Don't the nights pass slow (les nuits sont longues, n'est-ce pas ?)

Moonlight mile, The Rolling Stones

Peio posa ses lèvres chaudes sur celles de Meguy. La fenêtre était restée entrouverte et la lune reflétait sa lueur sur le visage de la belle. Il l'avait rejoint dans la nuit, prêt à assouvir leur désir…

Meguy entrouvrit les paupières et accepta son baiser brûlant. Il s'allongea sur son corps à peine recouvert d'un drap.

Les jeunes gens jouaient avec leurs bouches, leurs langues. De longs frissons les parcouraient de part en part. Meguy passa ses bras autour de la nuque de Peio et lui caressa les cheveux. Il continua à l'embrasser sensuellement. Elle l'aida à ôter son tee-shirt et il fit glisser le drap qui découvrit le corps parfait de la jeune femme. Son torse se frottait contre les seins embrasés de Meguy, qui laissa échapper un petit cri de plaisir. Les mains de

Peio caressaient ses hanches et ses jambes. Il se mit légèrement sur le côté et passa sa main dans la partie la plus intime de son anatomie. La jeune femme se cambra de désir.

Ce fut à cet instant que Meguy se réveilla, haletante, le souffle court, le front en sueur. De sa main, elle tâta la place vide à ses côtés. *Ce n'était qu'un rêve,* pensa-t-elle.

Elle se leva, abasourdie et enfila une nuisette pour se rendre sur le balcon. Celui de Peio était inoccupé. *Il devait certainement dormir...* Ce constat fut une délivrance pour Meguy. Elle se tortura l'esprit, se culpabilisant d'avoir fait ce rêve érotique. *Il est temps que l'aventure touche à sa fin, se dit-elle... Elle devait avoir une discussion franche avec Peio, une bonne fois pour toutes... Elle lui dirait qu'il n'y aurait jamais de relation entre eux. Si elle n'avait pas connu Bixente avant lui, la situation aurait peut-être été différente... Avoir une liaison avec chacun des deux frères l'écœurait beaucoup trop. Elle en était incapable. De plus, avait-elle réellement oublié Bixente ?*

Son pouls retrouva peu à peu un rythme régulier. Le clapotement de l'eau dans le calme de la nuit apaisa la jeune femme. *Demain, elle parlerait ouvertement à Peio, elle s'en fit la promesse...* Elle retourna se coucher et se rendormit quasi immédiatement.

À leur réveil, les jeunes gens se rendirent au buffet du petit-déjeuner. Meguy avait revêtu une robe légère, bain de soleil couleur saumon qui faisait ressortir son bronzage. Le regard admiratif que lui porta Peio la rendit mal à l'aise. Elle remonta à sa chambre se couvrir les épaules d'un gilet en coton.

La terrasse était à peine peuplée, la quasi-totalité de la clientèle était matinale et désirait profiter au plus vite des activités aquatiques. Les viennoiseries, gâteaux marbrés et les pains chauds étaient de confection maison, qu'ils complétèrent avec du thé et des œufs brouillés pour Meguy et du café et du yaourt frais pour Peio. Ne s'étant pas restaurés la veille au soir, ils firent honneur au buffet qui était servi dans un décor digne d'une carte postale. La jeune femme blonde, les ayant accueillis à leur arrivée, vint les saluer poliment. Peio lui demanda si Victor était sur les lieux et elle tourna la tête, amusée, en direction de la mer.

— Victor ! Il est là ! Regarde c'est lui qui nage au loin… Il se dirige vers les petites îles… C'est son rituel quotidien ! Ça le maintient en forme ! Dans une heure environ, tu le trouveras sur la terrasse, en train d'engouffrer son petit-déjeuner !

Peio se tourna vers Meguy.

— Incroyable Victor ! Il n'a pas fini de m'étonner…

— Il est assez sportif… Les îles sont loin de la côte…

— Il est hors du commun…

— On ne doit pas s'ennuyer en sa compagnie…

Rassasiés, les jeunes gens montèrent enfiler leur tenue de sport et se retrouvèrent au bord de la plage pour longer la côte en courant jusqu'au centre de Primostein. Faire son jogging dans ce cadre de rêve était un pur bonheur pour le couple. Le soleil les réchauffait sans les étouffer, l'eau turquoise était transparente et laissait apercevoir les fonds marins… Ils se préparaient mentalement à la rencontre mémorable qui les attendait. Sur le trajet du retour, ils firent une halte dans un endroit calme, où ils ôtèrent leurs vêtements et se jetèrent à l'eau pour rafraîchir leurs corps transpirant d'effort. Le stress des dernières semaines se volatilisait et les promesses de Meguy de parler ouvertement à Peio s'évanouirent dans l'eau limpide du paradisiaque havre de paix. Ils s'étendirent sur leurs vêtements épars, le temps de sécher au soleil pour rejoindre avec empressement la pension de famille, prêts à se retrouver face à l'énigmatique Victor. Du chemin, ils n'apercevaient pas la terrasse, aussi se hâtèrent-ils de prendre leur douche pour ne pas le manquer.

Sans se consulter, les jeunes gens s'étaient habillés de blanc et descendirent les marches en se tenant par la main. Ils ressemblaient à des anges tant par la jeunesse de leur beauté que par la pureté de leur démarche. Les jambes tremblantes, la gorge nouée, ils découvrirent le dos d'un homme aux cheveux blancs, attablé à un gargantuesque petit-déjeuner. Ils se sentirent intimidés par sa seule présence… Mais ils n'allaient pas rebrousser chemin, à peine à quelques mètres de leur dessein… Ils prirent leur courage à deux mains et s'avancèrent lentement jusqu'à lui.

Victor leva un regard vers eux et leur adressa un sourire ravageur. Meguy en profita pour le détailler. *Il est encore attirant à son âge,* pensa-t-elle. Ses cheveux d'un blanc immaculé étaient plaqués en arrière sur sa tête, dégageant son front. Son teint était hâlé. La marinière qu'il portait faisait ressortir son bronzage et le noir de ses yeux. Ses dents blanches et le petit rictus au coin de ses lèvres lui rappelèrent la vieille photographie que lui avait confiée sa grand-mère. Avec panache, il se tenait devant eux et Meguy remarqua l'élégance de ses mains manucurées. *Qu'il est beau ! se dit-elle. Grand-mère sera en admiration devant lui…*

— Victor ?

— Oui, jeune homme ! C'est bien moi ! Que puis-je pour toi ?

— Je suis Peio, le petit-fils de Maïder…

Victor le regarda avec une étincelle dans les yeux et un sourire espiègle.

— Eh bien, vous en avez mis du temps… il laissa éclater un rire franc et spontané.

Peio se sentit décontenancé. Il ne s'était pas imaginé leur rencontre de la sorte. Il avait joué la scène maintes fois dans sa tête avec plus de sentimentalisme, ayant envisagé un moment aussi fort qu'au cinéma. Victor le sortit de ses pensées.

— Assieds-toi mon grand ! lança-t-il avec autorité. Il se tourna vers Meguy avec plus de douceur et avec une pointe de séduction s'adressa à elle : prenez place, ma belle… à ma table !

Tous deux s'exécutèrent, Ils étaient sous le charme irrésistible du vieux monsieur qui ne faisait pas son âge. Sa personnalité regorgeait d'une force virile et d'un respect incontestable. Victor posa sa large main sur l'épaule de Peio et lui ébouriffa la tête, comme s'il le connaissait depuis toujours.

— J'étais au courant de ta visite… Inaki m'a contacté…

Peio laissa échapper un soupir et sourit à Victor. Son cœur battait la chamade, il ne savait pas par où commencer. Il était ému devant ce gaillard qui avait peuplé son enfance.

— Cela fait si longtemps que nous souhaitions te rencontrer, oncle Victor ! Connaître ton histoire…

Victor ne paraissait pas le moins du monde déstabilisé ni embarrassé. Il continuait à se restaurer, tout en écoutant Peio, l'air amusé.

— Servez-vous ! Vous n'avez pas faim ?

Tous deux secouèrent la tête négativement.

— C'est une longue histoire… Il se tourna vers Meguy et reprit : vous avez un accent anglais…

Meguy se mordilla la lèvre. C'était le moment, elle le pressentait. Depuis le début de l'aventure, elle s'était demandé comment elle allait annoncer à Victor qu'Hélène le recherchait. Elle resta un instant, silencieuse, conquise par sa séduisante aisance. Ses traits avaient fatalement vieilli mais sur son visage se reflétait encore l'empreinte d'une beauté parfaite. Son physique d'Adonis avait laissé la place au charme d'une élégance naturelle. D'un geste impromptu, elle posa sa main sur la sienne.

— Je suis la petite-fille d'Hélène… Elle a très envie de vous voir…

Victor laissa tomber sa fourchette qui termina sa chute sur le carrelage avec un petit bruit métallique. Ses traits changèrent. Une infinie mélancolie succéda à son sourire provocant. Il se ressaisit hâtivement.

— Hélène… Comment va-t-elle ?

Chapitre 18

A lovestruck romeo (un Roméo amoureux)
Sings the street a serenade (chante dans la rue une sérénade)
Laying everybody now (déprimant tout le monde)
With a love song that he made (Avec une chanson d'amour qu'il a faite)

Romeo and Juliet, Dire straits

L'avion d'Hélène décolla à dix heures de l'aéroport de Bordeaux et atterrit à Zagreb à l'heure du déjeuner. Elle envoya un message à sa petite-fille pour l'informer de son arrivée et lui fournir quelques indications. Elle souhaitait les recevoir à son hôtel vers dix-sept heures. Ainsi, elle avait tout organisé et voyageait avec une personne de confiance…

Bixente aida Hélène à descendre les marches de l'escalator.

— Hélène, êtes-vous prête à rencontrer Victor ?

— Plus que jamais… Je t'avoue me sentir nerveuse… Mais, si mon intuition ne me trompe pas, les braises de notre amour peuvent à nouveau s'enflammer.

Bixente se laissa aller à des pensées romantiques. *Il se dit que l'amour n'avait pas d'âge et n'avait pas fini de le surprendre. À ce jour, Hélène lui donnait une leçon de vie. Qu'en serait-il pour lui, lorsqu'il se retrouverait en présence de Meguy ?*

Ils louèrent les services d'un chauffeur qui les conduisit jusqu'au Golden Rays luxury Resort, situé à environ un kilomètre de la petite station balnéaire, dans une baie dominant la mer.

Hélène était tout juste installée dans sa suite quand elle reçut l'appel téléphonique de Meguy.

— Bonjour Grand-mère ! Par pitié, rassure-moi et dis-moi que tu n'es pas accompagnée de maman !

— Ne t'inquiète pas… Ta mère est en Angleterre et n'est pas dans la confidence.

Elle entendit Meguy laisser échapper un soupir de soulagement.

— As-tu fait bon voyage ?

— Très agréable ! Le vol était rapide et l'atterrissage parfait.

Après les banalités d'usage, Hélène demanda :

— As-tu rencontré Victor ?

— Oui, grand-mère… Nous avons passé la journée d'hier ensemble et une bonne partie de la nuit également… Je suis tellement heureuse pour toi… C'est un grand jour !

— Je suis impatiente de revoir mon Victor… J'ai cependant besoin de me reposer avant de vous accueillir.

— Prends tout ton temps, nous viendrons comme convenu à l'heure du thé. Je suis excitée et très émue par cette rencontre… À très vite, grand-mère !

— À tout à l'heure, mon enfant !

La suite d'Hélène se trouvait au rez-de-chaussée, agencée dans un style moderne avec des couleurs dominantes de rose poudrée et de mordoré qui s'harmonisaient à la perfection avec la couleur de son teint. Pour égayer le vaste salon, elle commanda à la réception des bouquets de fleurs, qu'elle fit disposer sur la petite table du salon et la console en marbre de l'entrée. Des consignes avaient été données pour servir du thé noir Darjeeling et du cake aux fruits confits à dix-sept heures trente précises.

En attendant, Hélène s'allongea sur le lit après avoir tiré les lourds doubles rideaux de la fenêtre. Elle se couvrit d'un léger plaid, mais ne réussit pas à fermer l'œil. Une multitude de pensées fusaient dans son esprit et se mélangeaient en un vertige enivrant.

Bixente, lui, logeait au premier étage, dans une grande chambre avec vue sur la mer. Il s'allongea sur la chaise longue du balcon et ne trouva pas non plus le sommeil. Les fortes émotions qu'il vivait depuis plusieurs jours déjà étaient trop intenses et l'empêchaient d'être serein. Il était partagé entre le désir de voir Victor et le malaise de se retrouver dans la même pièce que Meguy et Peio. Néanmoins, la rencontre était inévitable.

Hélène avait refusé d'informer sa petite-fille de sa venue. Elle ne voulait pas de heurts et désirait que tout le monde soit réuni pour accueillir Victor. Lui, il aurait agi différemment, laissant le choix à Peio et à Meguy de ne pas assister aux retrouvailles…

Qu'en était-il de la situation ? Que ressentait-il pour Meguy ? Avait-il encore des sentiments pour elle ? Et son frère ? Peio, qui avait levé la main sur lui… Par la suite, les révélations de Maïder l'avaient littéralement cloué sur place. Il se sentait épuisé, vidé d'énergie. L'homicide était prescrit mais la morale exigeait de lever le voile sur l'affaire. Pour l'équilibre mental de tous, la dignité de Victor et le respect de la famille d'Olga, la transparence était nécessaire. Pourrait-il encore aimer sa grand-mère ? Tant de questions, de confessions… Avait-il été préparé à apprendre tout ça ? Évidemment, il l'aurait été, quelques années en arrière, lorsque Peio et lui s'étaient lancés dans une quête éperdue, sur la trace de Victor… Mais aujourd'hui ? Il se sentait exténué et fragilisé par les récents évènements. Au final, son caractère de sportif prit le dessus et assurément il se reconnut assez solide pour tout surmonter… Ce fut sur cette ultime réflexion qu'il mit un terme à son introspection. Il se motiva et se donna le courage nécessaire pour affronter la suite des évènements.

Ce moment ne lui appartenait pas. Seuls Victor et Hélène comptaient. D'ailleurs, Hélène avait été bien claire : Bixente accueillerait le trio et elle les rejoindrait par la suite. Il était empressé à l'idée de rencontrer l'idole de son enfance et se trouvait dans un état second qui éloignait ses pensées négatives. Il suivrait les instructions d'Hélène à la lettre, sans rechigner… Après une douche bienfaisante, il pénétra chez elle tout de noir vêtu.

Les heures défilaient et Victor n'en pouvait plus d'attendre pour pouvoir retrouver son amour. Il fut enfin temps de prendre la voiture pour se rendre à l'hôtel. Peio les y conduisit dans une atmosphère où chacun était perdu dans des pensées profondes. Victor avança dans les couloirs de l'hôtel d'une allure assurée, suivi par les jeunes gens aux pas plus légers. Il suivait le tapis rouge qui le dirigeait vers son destin pour s'arrêter brusquement devant la porte de la suite d'Hélène. Avant de se présenter, Meguy s'aperçut avoir oublié son sac à main dans la voiture et incita les deux hommes à poursuivre sans elle. Peio lui fit signe de se hâter et elle n'entendit pas les coups frappés sur la porte par Victor qui ne tenait plus en place.

Bixente ouvrit la porte et fit entrer les deux hommes. À la vue de son frère, Peio eut le souffle coupé. Victor lui sourit.

— Toi, tu es Bixente !

Bixente, d'ordinaire charismatique, se sentit petit face à ce géant qui en imposait encore, malgré son âge. Il s'inclina et Victor l'attrapa contre sa poitrine en le serrant fort contre lui.

— Viens là, mon petit- neveu !

Bixente se laissa aller contre lui. Il sentit des larmes lui monter aux yeux et se retint de les laisser couler. Il réussit à se ressaisir.

— Victor, je suis si heureux de te rencontrer !

— Moi aussi, mon gars ! Pantxiqua m'a beaucoup parlé de toi. Elle disait que tu me ressemblais…

Et voilà ! pensa Peio, encore une fois, mon frère me vole la vedette... Dès qu'il apparaît, le monde s'arrête de tourner pour se centrer sur lui...

— Hélène a souhaité que je vous accueille. Meguy n'est pas avec vous ?

Peio répondit à son frère avec froideur :

— Elle a oublié son sac à main dans la voiture.

— Entrez, prenez place. Hélène ne va pas tarder à nous rejoindre…

Puis, s'adressant à Victor :

— Je pense qu'elle souhaitait que je te rencontre avant elle… afin que je puisse profiter un instant de ta présence !

Victor était nerveux, son cœur battait à tout rompre. *Il n'était pas certain de vivre une histoire réelle... Il était assis tranquillement sur ce fauteuil tandis que la femme qu'il avait toujours aimée se trouvait derrière ces murs, à quelques pas de ses bras. Comment faisait-il pour garder son calme ?*

On tambourina à la porte de la suite. Bixente se déplaça d'un pas feutré et ouvrit à une Meguy surprise de le voir en ces lieux. Désarmée, elle laissa tomber son sac. Ils s'accroupirent en même temps pour le ramasser. La scène avait un air de déjà vu, mais cette fois-ci le réticule était bien fermé et son contenu en resta secret.

Les mains de Meguy tremblaient. Bixente frôla ses doigts. Elle sursauta. Il lui sourit avec chaleur. Son sourire la déstabilisa, elle ne sut que penser sur le moment. *Que faisait-il ici, dans la suite de sa grand-mère ? Était-il la personne de confiance dont sa grand-mère avait fait allusion ?* Elle entra dans la pièce et se plaça derrière le sofa où était assis Victor. Bixente la rejoignit et Peio fit de même. Ils se tenaient debout, tous trois, dans un climat d'effervescence, en attendant qu'Hélène les rejoigne.

Enfin, la petite porte de la chambre s'ouvrit sur la silhouette frêle d'Hélène, vêtue d'une robe vaporeuse en soie vert pâle. Ses beaux cheveux blancs étaient regroupés en un chignon bas sur lequel un bouton de rose avait été habilement déposé. Son teint de porcelaine était rehaussé par un léger brillant à lèvre couleur pastel. Le parfum léger de Nina Ricci, *L'air du temps*, embauma la pièce où l'attendaient ses invités.

Elle ne vit que lui, assis là, à l'attendre. Il était enfin auprès d'elle, son Roméo, son Rochester, son Rhett Butler. Ses yeux s'emplirent de larmes. Elle s'approcha de Victor à petits pas.

Il resta bouche bée devant l'apparition angélique de l'amour de sa vie. Il se leva à son tour.

Devant elle se trouvait l'immense Victor, la dépassant d'au moins une tête. Son regard fut captivé par la lueur qui apparaissait dans ses yeux sombres. Elle se laissa emporter dans un voyage remontant le temps pour reconnaître la flamme indestructible de son amour. Elle fut rapidement distraite par son large sourire aux lèvres pleines. Ses cheveux avaient blanchi mais étaient toujours aussi épais, plaqués en arrière avec précision. Elle remarqua sa jeunesse d'esprit par le choix de sa tenue vestimentaire. Il portait un jeans à la coupe droite et une belle chemise bleu ciel à fines rayures et aux manches longues qui faisaient ressortir ses épaules sportives. Cette touche d'élégance la charma, tout comme la jeune femme qu'elle avait été lors de son premier rendez-vous galant…

Les jeunes gens ne virent que l'imposante stature de Victor enlacer le corps d'Hélène tout entier. Personne ne disait mot. Des larmes inconsolables dégoulinaient sur les joues de Meguy, Peio pleurait et Bixente retenait de son mieux les émotions qui le transperçaient. Il glissa sa main dans la main gauche de Meguy et de concert, Peio glissa la sienne dans son autre main. Ils regardaient, interdits, la scène des retrouvailles des vieux amants, seuls au monde.

Sans bruit, les jeunes gens quittèrent la suite pour laisser leurs aïeux en toute intimité. Meguy était chamboulée. Bixente murmura à son oreille :

— Je dois te parler…

Elle leva sur lui des yeux embués de larmes et sans un mot, il la prit par le bras et la conduisit à l'extérieur de l'hôtel. Tous deux marchaient côte à côte le long de la plage. Témoins de la scène invraisemblable qu'ils venaient de voir, il leur fallut un laps de temps avant de pouvoir sortir un mot de leur bouche.

Bixente prit enfin la parole et l'obligea à s'asseoir sur un banc. L'endroit était isolé et il ne restait que quelques chaises longues et des parasols gisant ci et là sur les galets.

— Je suis désolé Meguy ! Terriblement désolé…

Bixente la détaillait. Après avoir tant pleuré, ses yeux verts émeraude avaient pris la couleur du jade. Il dut se résonner pour ne pas la prendre dans ses bras et lui prouver à quel point elle lui avait manqué.

— Comment pourras-tu me pardonner pour le mal que je t'ai fait ?

Meguy ne répondait toujours pas, elle était en proie à des idées contradictoires. Elle avait du mal à comprendre ce qu'il lui arrivait, Victor et sa grand-mère et maintenant Bixente…

— Je suis un idiot, Meguy… Tu m'as manqué… Tellement manqué… Je t'aime ! Je t'aime comme un fou ! Je l'ai compris après ton départ en compagnie de Peio. La jalousie me détruisait et chaque jour passé sans toi était une épreuve… Je t'imaginais dans les bras de mon frère, c'était un véritable supplice…

Méguy souhaita s'exprimer mais Bixente lui fit comprendre qu'il n'avait pas terminé.

— Je me suis mal comporté. Lorsque j'ai vu la photographie de Victor tombée de ton sac, mon sang n'a fait qu'un tour. J'ai pensé que tu t'étais servie de moi pour arriver à tes fins…

Meguy rougit honteusement sous les accusations de Bixente, même si elle n'était coupable de rien.

— Hélène m'a tout raconté et m'a ouvert les yeux…

Tout était confus dans l'esprit de Meguy. Si Hélène n'était pas intervenue, Bixente serait-il là, devant elle à lui déclarer son amour ? Que devait-elle penser ? Dans l'avenir, aurait-il assez confiance en elle pour la croire ?

Meguy s'écarta de lui.

— Si je comprends bien, Bixente, sans l'intervention de ma grand-mère, je ne t'aurais jamais revu…

— Tu m'avais déjà entraîné sur le chemin du changement. Je ne suis pas parfait mais une chose est certaine. Je t'aime… Je souhaiterais que tu rentres au Pays basque et que tu viennes t'installer avec moi…

À ces mots, de violentes larmes vinrent brusquement soulever le corps de la jeune femme. Devant tant de chagrin, Bixente se rapprocha d'elle et la réconforta dans ses bras puissants. Elle sentit son eau de toilette et la chaleur de son cou contre sa joue.

Elle leva la tête vers lui, leurs regards se perdirent l'un dans l'autre. Bixente repoussa légèrement Meguy. La tenant à bout de bras, il se pencha vers elle et posa sa bouche avec délicatesse sur la sienne. Meguy se laissa aller. Elle goûta avec plaisir aux lèvres chaudes du jeune homme. Leur douceur eut raison d'elle. Elle répondit à son baiser avec toute sa sensualité refoulée depuis leur dernière étreinte. Il lui avait tant manqué. Elle entendit son souffle court et Meguy s'accrocha à sa nuque, laissant son corps retrouver les agréables sensations enfouies depuis leur dispute. Bixente murmurait son prénom à son oreille et lorsqu'il mordilla son lobe, elle crut défaillir de désir pour lui.

Des gouttes de pluie tombaient avec parcimonie, remplacées rapidement par une froide averse, qui les incita à courir se mettre à l'abri. Il n'y avait que des arbres aux alentours et le tonnerre grondait. Bixente attrapa la main de Meguy pour l'entraîner dans une course intrépide jusqu'à l'hôtel où ils débarquèrent dans le hall, trempés jusqu'aux os, leurs vêtements collés au corps et leurs cheveux ruisselants. Ils éclatèrent de rire devant la mine effarée du concierge. Bixente récupéra sa clé et invita Meguy à le suivre dans les escaliers. Ils montèrent les marches quatre à quatre jusqu'au premier étage. Dès leur entrée dans la chambre, Bixente la conduisit dans la salle d'eau où il se dévêtit rapidement tandis que Meguy restait clouée sur place, tremblante de froid. Il l'aida à ôter ses vêtements et tous deux se jetèrent sous les jets de la douche italienne. Ils riaient de la farce inopinée que la nature leur avait jouée, tout en se savonnant et se frictionnant pour se réchauffer.

Derrière le voile de vapeur, Bixente se colla contre la jeune femme et ne lui cacha pas son désir. Il détailla son corps aux fesses fermes, aux hanches étroites, à la taille fine et à la nuque envoûtante. Il l'enlaça en se serrant contre son dos. Sa bouche jouait sur sa nuque tandis que ses mains caressaient ses seins. Les baisers de Bixente embrasaient les sens de Meguy. Elle se serra plus fort contre lui et détacha une main de sa poitrine pour la diriger entre ses jambes. Elle se laissait caresser par l'homme qu'elle aimait et qu'elle désirait plus que tout. Bixente la retourna brusquement et l'embrassa fougueusement. Il la souleva du sol et la porta dans la chambre jusqu'à son lit où il couvrit son corps de baisers langoureux. Meguy se tordait de plaisir. De ses yeux entrouverts, elle le supplia de la prendre. Bixente la rejoignit et ensemble, ils vécurent l'interminable extase de leurs corps renoués, de leur amour retrouvé.

Meguy laissa couler quelques larmes sur son oreiller, tout en caressant la joue de Bixente, émerveillé.

— Ne pleure plus, mon amour, je suis à tes côtés maintenant…

— Oh, Bixente ! Pourquoi avoir tant attendu ?

Tous deux s'endormirent, épuisés de leur étreinte et de la journée chargée en fortes émotions. Leur nuit fut entrecoupée de tendres baisers et de passion charnelle qui leur firent oublier leur discorde passée.

Chapitre 18

There's no time for us (Il n'y a pas de temps pour nous)
There's no place for us (Il n'y a pas d'espace pour nous)
What is this thing that builds our dreams yet slips away from us (Quelle est cette chose qui construit nos rêves ?)
Who wants to live forever? (Qui souhaite vivre éternellement ?)
Who want to live forever ? (Qui souhaite vivre éternellement ?)

Who wants to live forever ? Queen

— Victor, mon amour ! Tu m'as tellement manqué durant toutes ces années, si tu savais… Je ne pensais pas te revoir un jour…

— Toi aussi, ma belle Anglaise… Tu m'as manqué durant toute ma vie… Je t'ai cherché au travers de mes conquêtes, mes reines d'un soir ou de plusieurs soirs… C'était toi que j'aimais dans leurs bras, dans leur chair.

Victor avait légèrement repoussé Hélène, il la regardait fixement pour être bien certain de sa présence. Lorsque Meguy lui avait annoncé qu'Hélène le recherchait, il ne l'avait tout d'abord pas cru. La belle Hélène, sa petite bourgeoise anglaise et lui, le baroudeur, proche des prostituées d'Amsterdam et de la mafia sicilienne… Par chance, la suite de sa vie était devenue bien plus calme…

— Asseyons-nous, mon Victor ! Je veux tout savoir de toi !

— L'histoire va être longue, ma belle…

— Je pense avoir encore un peu de temps devant moi…

Victor sourit. Il lui prit la main, y déposa un tendre baiser et l'entraîna sur le divan. Tous deux s'assirent confortablement l'un à côté de l'autre, se tenant toujours par la main et ne se quittant pas du regard. Victor entama le résumé de son existence, qu'Hélène connaissait déjà dans les grandes lignes, grâce aux résumés fidèles de sa petite-fille. Elle l'écoutait attentivement, l'interrompant à certains moments pour mieux comprendre son récit.

Le destin de Victor avait été moins rangé que le sien, pensa-t-elle. Elle aurait toutefois tant aimé partager avec lui ses aventures… même dans les recoins les plus sombres et les plus sales de certaines des villes qu'il avait fréquentées. Seul son amour aurait été important à ses yeux.

Elle soupira…

— Qu'as-tu, ma chère ?

— Ah, si seulement ma mère ne nous avait pas séparés…

— Elle voulait ce qui était le mieux pour toi et je n'étais pas du même monde…

— La différence de classe sociale n'était pas un problème pour elle. Tu représentais un danger, voilà tout… Elle savait que la famille de mon père lui reprocherait à nouveau ses origines paysannes et ses influences psychologiques sur mon éducation… J'ai tant souffert lorsqu'ils m'ont emmenée de force en Angleterre. Je t'ai attendu longtemps… Mais tu n'es jamais venu me chercher…

— Je pensais que tu étais partie de ton plein gré, après m'avoir aperçu les menottes aux poignets. Ce soir-là, j'ai tout perdu… J'étais persuadé que tu ne voudrais plus de moi…

— Pourquoi avoir eu de telles pensées ?

— Je n'ai jamais reçu de lettres de ta part…

— Mais Victor ! Ma mère… Elle m'avait enfermée dans une sorte de couvent… J'étais prisonnière. Je lui avais promis de ne plus te revoir pour pouvoir t'innocenter. C'était le prix à payer.

Il laissa échapper une larme. De sa main ridée, Hélène lui caressa la joue. *Elle n'avait pas le souvenir de sa sensibilité. Les épreuves passées avaient certainement fait surgir ce trait de caractère.*

— Cette histoire a détruit ma vie… J'ai été innocenté par la justice mais pas par celle des hommes. Aux yeux de tous, j'étais le coupable idéal, à moto et en blouson noir… Mon père ne m'a plus adressé la parole. Je n'avais plus rien à perdre, j'ai pris la décision, malgré moi de prendre part à la guerre d'Algérie, dans l'espoir de mourir là-bas, au combat et ainsi réhabiliter mon honneur. Je t'avais perdue, plus rien ne comptait…

— Souhaites-tu en parler ? Demanda Hélène terriblement attristée par les dernières paroles de Victor.

— Il n'y a pas grand-chose à dire… Les hommes s'entretuent pour des raisons obscures… Les bourreaux se transforment en victimes et les victimes en bourreaux… Certains deviennent des héros en donnant leur vie et les autres doivent vivre avec leur conscience le restant de leurs jours…

— Mon pauvre amour… J'ai des révélations à t'annoncer, qui devraient te soulager, mais qui risquent de t'ébranler…

Victor leva les sourcils. Hélène but une gorgée de thé pour se donner du courage avant de poursuivre sa déclaration qui changerait à jamais le cours de sa vie.

— Maïder a reconnu être coupable de la mort d'Olga… Mais selon ses dires, c'était un accident…

Victor reçut la nouvelle en plein cœur. Il pencha sa tête en avant et enfouit son visage dans ses mains. Son corps était secoué de sanglots. Il écoutait les accusations d'Hélène, qui faisait de son mieux pour ne pas l'accabler davantage.

— Je me suis souvenue du bruit du sifflet…

Victor leva sur Hélène un regard empli d'une immense tristesse.

— Au fond de moi, je pense que je l'ai toujours su… Mais j'ai repoussé cette intuition… cette éventualité, comme un déni. Je me souviens également de ce maudit sifflet… J'ai trouvé ce bruit étrange, sans vouloir y prêter plus d'attention… Ce qui m'attriste le plus est la haine de ma sœur à mon égard et son manque d'intégrité…

— Victor ! Il faut te rendre à l'évidence et accepter la nature humaine ! Ta sœur est effroyable et je te rappelle qu'à l'époque, elle n'avait grâce qu'à tes yeux. Tu as voulu la protéger, en faisant abstraction de toi… Tu aurais dû la mettre devant le fait accompli et l'obliger à répondre de ses actes… La bonne nouvelle est qu'à présent, tu peux rentrer au Pays basque, la tête haute…

— Elle aurait été emprisonnée, sa vie aurait été gâchée… C'est si loin tout ça… Plus personne ne se souvient de cette histoire et nos proches sont morts… À quoi bon ?

— Mais Victor ! Je ne comprends pas… Elle a volé notre vie… Et Olga ? Par sa faute, sa pauvre famille n'a certainement jamais fait son deuil… Comment toi, si fort, peux-tu être ainsi fataliste et refuser de te battre ? C'est très important, et je souhaiterais que tu m'accompagnes au Pays basque !

Victor reconnaissait là, son Hélène au tempérament de feu… Il lui sourit comme jadis il l'avait toujours fait. Hélène reçut son sourire avec beaucoup d'émotion. Celui-là même qui était resté à l'abri dans son tiroir aux souvenirs et que sa mémoire en ravivait les réminiscences depuis plusieurs mois. Elle ne tenait plus la main du vieil homme, à sa place, elle revoyait le jeune homme qu'elle chérissait plus que tout. Elle lui rendit son sourire, les yeux embués de larmes.

— Je te suivrai au bout du monde, ma belle Anglaise !

— Oh, mon amour, rien ne me ferait plus plaisir !

— Moi aussi, j'ai des confidences à te faire… Je suis venu te chercher… Il y a de nombreuses années… J'ai fini par te trouver… Je me souviens de cette journée, c'était le printemps… les fêtes de Pâques. Il faisait soleil, mais pas encore très chaud. Je me suis garé devant ton cottage, tous les rosiers étaient en fleur. Je t'ai vue, dans le jardin, tu fumais une cigarette. Je t'ai regardée un instant. Tu étais si belle, si élégante. J'allais sortir de mon véhicule et me présenter quand j'ai entendu des rires d'enfants… Ils ont accouru et se sont accrochés à tes jambes, à ta taille. Il y avait un petit garçon et une petite fille. Mon cœur s'est serré. Ce n'était pas avec moi que tu avais construit un foyer… Et il est apparu, grand, distingué, un peu frêle pour toi, tout de même… Il a déposé un gilet sur tes épaules et tu l'as remercié d'un sourire complice. Cette image m'a bouleversé. Je n'avais pas le droit de détruire ta famille… Il n'y avait plus de place pour moi dans ta vie… J'ai mis la voiture en marche et suis parti, la mort dans l'âme mais soulagé tout de même de te savoir heureuse auprès de tes enfants et d'un homme qui prenait soin de toi… Après cet interlude, j'ai compris que je t'avais perdue à tout jamais… Je suis rentré en Sicile et j'ai épousé la jolie Augusta…

Par courtoisie, Victor ne s'épancha pas sur son mariage et les bons moments passés avec la sulfureuse Sicilienne. Ce fut une sorte d'amour mais il manquait la passion, l'amour véritable, celui qui chamboule, ravage… Il l'avait vécu et cependant l'avait laissé passer…

— Oh, Victor ! À son tour, Hélène s'effondra en larmes. Mon amour… Je pense que j'aurais été capable de tout quitter pour toi…

Hélène avait conscience de ses paroles et du poids des mots.

— Comment peux-tu le savoir ?

— Je le sais, c'est tout… J'en suis même convaincue…

Ce constat lui fit mal, dans ses entrailles, dans tout son corps mais son amour pour lui aurait soulevé des montagnes, au détriment d'innocents…

— On ne construit pas son château sur des ruines… Je n'aurais pas pu t'imposer ce choix…

Elle posa sa tête sur son épaule. Plus rien ne comptait à ce jour, en dehors de son amour, que la vie lui avait pris et lui rendait, maintenant, à l'aube de ses derniers printemps. Ils échangèrent ainsi une bonne partie de la nuit, jusqu'au moment où Victor décida de prendre congé, mais Hélène ne l'avait pas vu de cet œil… Elle l'incita à la suivre dans sa chambre à coucher.

— Je ne te laisserai plus jamais me quitter, Victor !

Les yeux embués de larmes, Victor prit son Hélène dans ses bras et la serra tendrement contre son épaule.

Chapitre 19

Yesterday I got so old (Hier, j'ai tellement vieilli)
I felt like I could die (C'était comme si je pouvais mourir)
Yesterday I got so old (Hier, j'ai tellement vieilli)
It made me want to cry (ça m'a donné envie de pleurer)
Go on go on (Éloigne-toi)
Just walk away (continue, continue)
Your choise is made (Ton choix est fait)

Inbetween days, The Cure

Peio n'avait pas dormi de la nuit. *Que pouvait bien vouloir Bixente à Meguy ? Pourquoi n'était-elle toujours pas rentrée ?* Il l'avait attendu patiemment à la pension en se rongeant les sangs, guettant le moindre bruit qui aurait pu lui donner l'impression d'une présence dans la chambre voisine. À maintes reprises, il était sorti sur le balcon, penchant la tête pour apercevoir de la lumière chez la jeune femme. Vers environ une heure du matin, il avait calmement enfilé son jogging et ses baskets et s'était rendu en courant jusqu'à l'hôtel où se trouvaient Hélène et Bixente. Il avait longé la plage déserte, se récitant à voix haute des poèmes pour se distraire de son malaise grandissant.

« Mon enfant, ma sœur[14]
Songe à la douceur
D'aller là-bas vivre ensemble !
Aimer à loisir
Aimer et mourir
Au pays qui te ressemble !
Les soleils mouillés
De ces ciels brouillés
Pour mon esprit ont les charmes
Si mystérieux
De tes traîtres yeux
Brillant à travers leurs armes
Là, tout n'est qu'ordre et beauté,
Luxe, calme et volupté »

Il avait stoppé sa course devant la façade de l'hôtel où seule, une chambre allumée au premier étage avait capté son attention. Deux silhouettes, en ombres chinoises, étaient apparues et s'étaient enlacées amoureusement. Il avait reconnu la chevelure indomptable de Meguy et la musculature puissante de son frère. Ses mâchoires s'étaient crispées. Il avait détourné le regard et, sous la violence de la scène, avait rebroussé chemin, honteux de sa présence en ces lieux. Il avait eu envie de crier sa douleur et sa colère dans la nuit noire mais un élan de dignité l'avait saisi.

Il avait compris ce qu'il lui restait à faire…

Il avait perdu… Perdu la jeune femme, dont il était tombé amoureux dès le premier regard. Elle en préférait un autre et cet autre était de son sang, son frère Bixente… Mais qu'avait-il de plus que lui ? Déjà, dans l'enfance, il avait été le préféré de leur grand-mère, des institutrices et même de leur père, qui faisait de

[14] L'invitation au voyage, Charles Baudelaire.

son mieux pour cacher son admiration... mais son regard le trahissait. Lui, Peio, n'était que le clown de service, le petit frère de Bixente...

Peio avait pris le chemin inverse et avait fui de toutes ses forces jusqu'à sa chambre. En sueur, il s'était glissé sous la douche, où il était resté un temps interminable pour se laver de tout son mal-être. Il s'était allongé sur le lit, zappant sur toutes les chaînes du poste de télévision. Il n'était plus là, il était déjà parti...

Meguy s'éveilla de sa folle nuit amoureuse. En ouvrant les yeux, elle aperçut le beau visage de Bixente, sommeillant à ses côtés. Ses traits étaient détendus et elle en profita pour contempler ses lèvres pulpeuses qui l'attiraient comme un aimant. Délicatement, elle déposa sa bouche sur la sienne. Son geste éveilla le jeune homme qui la couvrit de baisers. Elle ne rêvait pas... Bixente l'aimait toujours malgré les épreuves et leur séparation. Leur amour avait triomphé. Après un copieux petit-déjeuner pris dans la chambre, Bixente conduisit Meguy à la pension. Hélène les attendait pour onze heures. Il ne restait que trente minutes avant l'ultime réunion de famille. Meguy changea de tenue et se refit une légère beauté en usant de maquillage. Elle rejoignit Bixente qui l'avait attendue patiemment dans son véhicule. Durant son absence, il avait reçu un appel de Victor lui demandant de lui apporter des vêtements propres. Avec l'aide d'Elaïa, ils s'étaient rendus dans la penderie de Victor et Bixente avait choisi un pantalon beige, une chemisette blanche et un gilet en coton, lie de vin. Il les avait déposés soigneusement sur la banquette arrière.

Victor et Hélène les attendaient patiemment sur la terrasse de la suite. Hélène portait une tunique gris perle évasée sur un pantalon en lin blanc. Victor était emmitouflé dans le peignoir éponge de l'hôtel. Il prit les effets que lui tendit Bixente et se rendit dans la chambre à coucher pour les enfiler. Meguy s'inquiéta de l'absence de Peio et interrogea sa grand-mère.

— Peio n'est pas encore arrivé ?

— Non, ma fille. Il ne va pas tarder. Il a contacté Victor ce matin…

À son évocation, les mâchoires de Bixente se serrèrent mais il ne fit aucun commentaire. Victor fit son apparition dans l'élégante tenue que Bixente avait choisie pour lui et le regard émerveillé que lui porta Hélène fit sourire Meguy. Il se plaça entre les jeunes gens et posa ses mains sur leurs épaules.

— Je suis heureux de vous voir réunis leur dit-il.

Bixente regarda Victor.

— Merci, Victor ! J'espère que notre amour sera aussi fort que le vôtre…

Il n'eut pas le loisir de répondre, des coups frappés à la porte annonçaient une venue. À pas feutrés, il alla ouvrir et fit entrer un Peio méconnaissable. À sa vue, Meguy faillit laisser échapper un petit cri de surprise. De larges cernes noirs encerclaient son regard, ses traits étaient tirés et son sourire rayonnant avait disparu. Meguy se sentit responsable de son état.

Peio embrassa Victor et se dirigea vers Hélène à qui il baisa la main et, se rangea dans un coin de la pièce, à l'extrémité du jeune couple. Tous étant réunis, Hélène prit la parole :

— Mes enfants, nous voici ensemble ! Victor et moi avons des nouvelles bouleversantes à vous annoncer.

Victor la rejoignit et la tint par les épaules.

— Tout d'abord, je tiens à vous remercier, car sans vous, ces retrouvailles auraient été impossibles…

D'un regard, elle balaya les jeunes gens se trouvant devant elle.

Victor renchérit :

— Merci à vous d'être venus jusqu'à moi. Au-delà d'avoir retrouvé l'amour de ma vie, j'ai appris la vérité qui m'a libérée de mon carcan…

Peio leva un sourcil interrogateur. Devant sa mine surprise, Hélène lui raconta l'épisode survenu chez sa grand-mère. À ces mots, le visage de Peio devint livide. Il prit une chaise pour ne pas défaillir. Sa faiblesse inquiéta Meguy, qui fit mine d'aller vers lui. À son regard noir, elle stoppa son élan et se rangea aux côtés de Bixente.

— Ça va mon p'tit gars ? demanda Victor.

Peio lui répondit par un hochement de tête. Hélène continua :

— Victor et moi n'allons plus nous quitter… Elle regarda Meguy et poursuivit. Je vais vendre le cottage et acheter un pied à terre au Pays basque, près de mes chères cousines, et Victor m'accompagnera. Il est temps qu'il rentre chez lui. Nous passerons quelques mois de l'année ici, et quelques mois au Pays basque.

Elle s'adressa à Meguy qui, fortement surprise, avait mis ses doigts devant sa bouche.

— Tu auras une chambre pour toi, ma chérie et tu pourras y séjourner autant de temps que tu le désireras.

Meguy sourit à sa grand-mère et lui envoya un baiser de la main. Victor soutint Hélène en prenant la parole.

— Nous avons décidé de rendre visite à mes vieux amis de Sicile et d'Andalousie qui s'inquiètent pour moi. Nous prendrons notre temps pour nous y rendre…

Bixente crut bon d'ajouter :

— Victor, n'oublie pas que Maïder souhaite te voir de toute urgence…

— Ne t'inquiète pas mon gars… J'irai la voir, en temps voulu… Jusqu'à présent, elle n'était pas pressée de me rencontrer… Elle pourra attendre quelques semaines de plus… Et vous, qu'avez-vous l'intention de faire ? Avez-vous des projets ?

Meguy ne répondit pas. Elle n'avait toujours pas accepté la proposition de Bixente… Ces quarante-huit heures avaient défilé à toute vitesse et les évènements étaient encore confus dans son esprit. Elle entendit Bixente annoncer :

— J'ai demandé à Meguy de s'installer chez moi…

Troublé, l'esprit de Meguy flottait dans la pièce. Elle vit Peio se lever. Il s'exprima avec des sanglots dans la voix :

— Je vous souhaite à tous de vivre heureux… Moi, aussi j'ai des révélations à vous faire… Je ne rentrerai pas au Pays basque… J'ai décidé de prendre le large et de vivre ma vie… Je vous quitte, maintenant. Je dois me rendre à l'aéroport…

Il se leva, s'approcha de Victor qui le serra dans ses bras.

— N'oublie pas, mon petit, tu peux m'appeler à n'importe quelle heure du jour ou de la nuit…

— Ça marche, oncle Victor.

Bixente ne réagit pas et Meguy resta pétrifiée sur place. Elle reprit le dessus au moment où elle aperçut Peio quitter la suite par la terrasse. Elle se précipita sur ses pas en criant son nom. Dans sa course, elle entendit les paroles de Victor qui la coupèrent dans son élan.

— Meguy, si tu ne l'aimes pas, laisse-le partir… Ne le retiens pas.

Elle cria à nouveau son nom et aperçut son regard à travers la haie. Elle l'entendit s'adresser à son frère qui l'avait rejointe et la retenait par le bras.

— Prends soin d'elle, frérot ! Ou tu auras affaire à moi…

Il disparut. Meguy se jeta dans les bras de Bixente. Elle sanglotait comme un enfant. *Qu'avait-elle fait ?*

Bixente la consola du mieux possible.

— Ça passera, mon cœur, je te le promets…

Une sonnerie de téléphone retentit dans le sac à main de Meguy qui lâcha promptement Bixente pour lire le message que Peio lui avait envoyé :

« Adieu Meguy… Je ne t'oublierai jamais… Je n'oublierai pas les jours que nous avons passés ensemble, à rechercher Victor. Sois heureuse avec mon frère, c'est un chic type ! Tu as bien choisi… »

Les larmes de Meguy redoublèrent, Bixente s'approcha et lut le message de Peio. Des larmes amères lui montèrent aux yeux. Leur fraternité s'était brisée pour elle, pour le cœur d'une femme… Il eut un pincement à la poitrine. Se tournant vers Meguy et la voyant si fragile, si belle, si naturelle, il n'eut aucun doute sur l'intensité de son amour. Mais elle, lequel des deux aimait-elle réellement ?

— Que souhaites-tu Meguy ? Y a-t-il eu un rapprochement avec Peio durant votre périple ? Que me caches-tu ? Qui est dans ton cœur Meguy ?

Meguy comprit son désarroi… Elle tourna son regard brillant vers lui et sans hésitation s'adressa à lui :

— C'est toi que j'aime Bixente de tout mon cœur, de toute mon âme… Je l'ai toujours su… Je rentre avec toi au Pays basque… Serre-moi dans tes bras…

À toi,

Armoire de mes pensées
Où sont rangées ces heures
Si chères à mon cœur, demeurent
Dans le pli des piles rangées

Classées en draps de soie
Sortis à l'occasion
De nos corps à l'unisson
Au murmure de ta voix

Ressurgis de nos étreintes
Violente intensité
Interdits et liberté
Dans l'écueil de nos contraintes.

Joie de nos vieux jours
Retour à nos promesses
Déesses de notre détresse
À jamais et pour toujours.

Attendue, j'ai cru bien faire
Au coin de la rue, j'ai espéré
Ta silhouette, dans mon rêve retrouvé
Je peux m'endormir et les taire

Ces langues impies
Le péché originel
L'amour éternel
Meurtries par l'envie

Je suis à toi
Présage de l'ombre
Où tout est si sombre
Mais je sais qu'au bout de toi, je suis ton Roi.

Victor

Imprimé en France
Achevé d'imprimer en juin 2021
Dépôt légal : avril 2021

Pour

Le Lys Bleu Éditions
83, Avenue d'Italie
75013 Paris